你——情人
的名字

島本理生
しまもとりお

詹慕如——譯

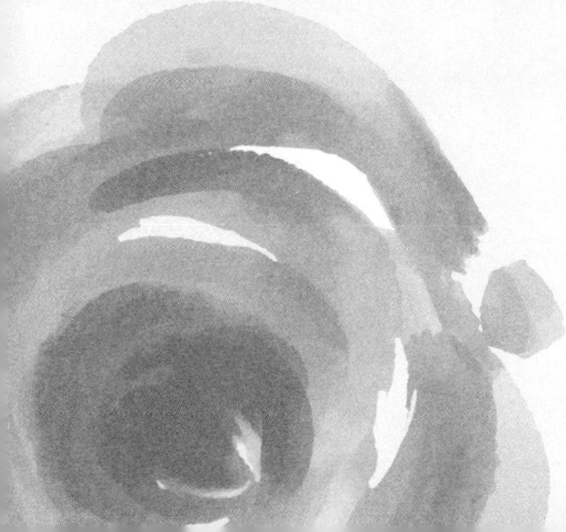

足跡

她問我，有沒有過想跟先生之外的人上床的念頭？

「沒有。」我答道，澤井把方糖丟進杯裡。

「我認識的人妻答案都相反呢。」

她拿著茶匙一邊攪拌，若無其事地接口。「人妻」，這稱呼很像她的用字。

「為什麼問我這個？」

我偏頭不解，嚥下自己那杯可可亞。大概沒完全溶解，一股濃稠感觸穿過喉嚨。

澤井將視線轉向明亮的窗外，她說，隔壁鎮的山坡上有間治療院。

「治療院？」

「對，表面上啦。那邊是介紹制，看妳有沒有興趣。」

澤井將豐盈的黑髮塞入耳後，一派輕鬆地說，「反正又不會做到最後」。

她是我念女大時認識的朋友，但一直到現在我都常常摸不清她腦子裡在想什麼。

學生時代她突然休學半年，一個人去印度當志工，後來又開始替介紹特種行業的詭異雜誌兼差寫文章。

現在她在新宿三丁目一間土耳其餐廳當服務生，偶爾會說走就走突然出國。

我咕噥地說，可能也有這種人吧，她迅速取出筆記本，撕下一張紙。

「這是那邊的電話。參加條件是已婚，我想去看看也不行。」

我想眨眼，卻因為太緊張而僵住動彈不得。

她硬把那張寫了數字的紙條塞到我手中。

我把提味蠔油醬加進芋艿豬肉咖哩時，丈夫剛好回來。

「好香啊，在外面就聞到了。」

轉過頭，他已經脫下西裝外套。我打開冰箱，對他說聲辛苦了。

我們面對面坐在餐桌前，丈夫展現了旺盛食慾，三兩下就清空了酪梨番茄沙拉和咖哩飯，還多添了一碗。

丈夫很喜歡閒聊。

一會兒看著益智節目問：「最後的將軍是德川慶喜對吧？」轉頭又說到這酪梨口感

偏硬、挺好吃。

跟他一起吃飯很愉快。我不擅長說話，可是有他在永遠不用擔心尷尬的沉默，他還偏好酪梨、香料、豆漿這類味道特殊的食材，做起菜來很有成就感。

「對了，澤井小姐最近怎麼樣？」

只有聽到他突然問起這個問題時，我不覺停下了動作。

「嗯，還是老樣子。」

「怎麼了嗎？」

我訝異地抬起頭，他那對圓眼睛正隔著鏡片盯著我看。

「沒什麼啊。」

「是嗎？妳每次說『老樣子』，多半都表示發生了什麼大變化。」

我苦笑著搖頭否認：「沒這回事」，換了個話題。

「啊，你記得B棟的香奈嗎？白天我媽打過電話來，聽說她要生第三胎了。」

拿著杯子裝水的丈夫驚訝反問：「她現在幾歲？」

「小我三歲。香奈的話我不意外，她結婚也結得早。」

他點點頭，看來也同意我的想法。

「她本來就很喜歡小孩，經常陪社區的小朋友玩。」

明明是我開的話題，自己卻不知該怎麼回話，就這樣安靜了下來。

我跟丈夫以前是同一個社區的鄰居。偶爾會在走廊上擦身相遇的丈夫大我三歲，當時身穿黑色立領制服的他個性溫柔又有兄長風範，很有魅力。

等我從女大畢業，我們開始約會。

鄰居的帥哥哥變成親密戀人，結婚三年後的現在，我們的關係更像是無話不聊的好友。

洗完澡後關掉寢室的燈，丈夫繼續盯著小燈泡開心地對我說話。

我也聊起附近小狗追著自己尾巴跑得團團轉，還有我在洗臉台那條白色毛巾上縫了紅色刺繡的事。

緩慢深沉的呼吸聲傳來，話聲中斷。

我瞥了一眼丈夫睡著的側臉，想起澤井提的事。白天收到的紙條收進了化妝台抽屜深處。

婚後搬家以來，我從沒在隔壁站下過車，因為自家附近這站比較熱鬧。隔壁車站的站前是冷清的十字路口，只有便利商店、花店，跟超級市場各一間。

走在日光和煦的路上，看到一間小學。周圍響遍孩子們的喧鬧聲。緊臨學校旁有一片算不上森林的蔥鬱綠帶。石階旁長滿護生草。

我就像那隻追著自己尾巴的小狗，猶豫、遲疑，團團轉了好數圈後終於下定決心，爬上石階。

這條樹蔭下的小徑可以看出有人照料的痕跡。我感到微微一陣頭暈。爬到石階盡頭，路旁是一片林子。林間點綴著幾幢獨棟房屋，補滿了樹叢的縫隙。其中一間混凝土房屋掛著「真白治療院」這塊招牌。

我來到石造前廊下，顫抖的手指按下了對講機。

過了短短兩、三秒後傳來回音，「請進」。那聲音聽來沉穩而乾脆。

門一開，從玄關便可一眼望進起居室。

皮製沙發組下鋪著灰色地墊。牆上裱框的畫是梵谷《星空下的咖啡座》複製品。這種素淨不張顯個性的室內裝潢風格讓我稍微鬆了口氣。

我正在猶豫該不該把鞋收進鞋櫃，一個男人從屋後走出來。

「您好，是之前預約的石田千尋小姐吧？我是真白健二。」

身穿白袍的他對我低頭致意。

我知道這樣很不禮貌，但還是忍不住先從頭到腳仔細打量了對方一番，才點頭招呼：「你好。」

這個人肩膀不寬、個子也不太高。他的嘴唇薄、五官平淡。走在街上似乎會靜靜融入風景當中，大概轉瞬間就消失在人的記憶中。

他邀我坐上皮沙發，自己隔著桌子坐在我對面。

「能不能先讓我看看之前您填的資料？不方便回答的地方不用答沒關係。」

我點點頭，脫掉外套坐下後拿出幾張診斷書。同時也回想起光是要拿到這幾張紙就經過好幾番猶豫掙扎。

他很快看過一遍，馬上將資料折起、還給我。接過資料時我注意到他手指很長。

「謝謝。您是澤井小姐介紹的吧？詳細狀況她告訴您了嗎？」

「她只講了一些，沒提到什麼具體的內容。」

他輕輕點頭，臉上帶著平靜的笑容。

「基本上應該如同澤井小姐跟您說的狀況。現在請您填寫這份問診單，有任何具體期望都可以寫上去。如果在進行當中覺得不舒服或者任何一點點不愉快，都請儘管說、別客氣。」

「進行」，這兩個字讓我心臟忍不住跳了一下。

好。我強裝平靜地回應，但是馬上又想到一件事。

「不好意思，除了我先生，我幾乎沒跟其他男人接觸過。」

他並沒有微笑，卻露出一種比笑容更純淨的誠摯表情，簡單回答我。

「好，我知道了。」

我遞出寫好的問診單。

「那請您到那邊的房間。籃子裡有浴袍，先請您披上。準備好了就按下房裡的鈴通知我。」

我轉過身，依言走向走廊後方那扇白門。

進入房間，昏暗的間接照明下放了一座沙發、一張白床。房裡沒有窗戶。加濕器發出些微聲響吐著蒸氣，忽然一股味道撲鼻，是淡淡橙橘香。這裡乍看之下跟芳療中心其實沒什麼兩樣。

低頭看看腳邊的籃子，我這才緊張地解開襯衫鈕扣。黑裙滑落在腳邊。

我迅速披上浴袍想遮起身體。毛巾質地的浴袍不是輕佻的粉紅色，而是高雅的淡紫，膚觸很舒服。

金色響鈴發出尖銳的聲音。

我坐在沙發上等待，門靜靜打開。

他身上還穿著白袍，輕輕坐在我身邊。

我垂著眼，看著那深濃影子靠近。他的右手輕輕疊上我放在膝蓋上的手。我沒想到沒有任何對話就要直接開始，有點不知所措，他不高不低的體溫貼近我的身體。我緊張到指尖都麻痺了。

他掀開浴袍時，我突然一陣不安，身體往後仰。本來以為會就此中斷，沒想到那強而有力的手臂忽然按住我扭動的左肩。

我一驚，抬起頭來，他的薄唇輕觸上我火熱的臉頰。那種感觸彷彿花瓣輕輕飄落，沿著眼皮、臉頰、脖頸一路輕觸。第一次聞到的這股淡淡體香，味道跟丈夫完全不同，我像個孩子般驚訝。

我的身體依然僵硬，閉上眼，任憑對方擺佈。

沖完澡、重新補妝後，起居室的桌上已經備好了冒著蒸氣的紅茶跟瑪德蓮蛋糕。

「請用。」他若無其事招待我喝紅茶，我道了謝，在皮沙發坐下。

「請慢慢休息，平緩一下心情。」

我微微點頭。

坐在我對面的他併攏著裹在休閒褲內的雙膝，正在病歷表上寫東西。

「下一位預約的客人呢？」

「我這裡是日夜兩班制，每個時段只接待一個人。您想見她嗎？」

「啊？」

「想見見下一位嗎？」

我露出苦笑，搖搖頭否認。

「您什麼時候開始經營這裡……？」

「四年左右前開始的。想聽我聊聊嗎？」

我點了頭後才發現，這等於在告訴對方我還想來，忽然有點難為情。

他瞇起眼笑了，放下病歷。

「大概十多年前吧。我父親欠了債，付不出我職業學校的學費，所以我開始在夜店裡當服務生。也就是一般俗稱牛郎店的黑服。」

夜店，聽到這裡我暗自鬆了口氣。假如他是平凡的上班族，太無跡可尋反而更可怕。

「店裡有位很特別的女客人。大概快六十歲了吧，但是外表一點也看不出來。一身曲線畢露的黑色禮服，腳上那雙風格強烈的PRADA高跟鞋就像她身體一部份一樣，駕馭得輕鬆自在，肌膚總是充滿光澤，一對眼睛也炯炯有神，像個充滿強烈好奇心的少女。她一來店裡，所有員工不只是臉上陪笑，而是真的發自內心受到感染、變得很有活力。她從來不看菜單，總是看當天心情點自己想喝想吃的東西。一切對她來說都非常自然。」

「應該很有錢吧。」

我老實說出自己的感想。然後拿起一塊瑪德蓮蛋糕送進嘴裡。

「是啊。聽說她娘家非常有錢。那些舉止或許換個角度看會顯得低俗下流，但與生俱來的好教養讓這些癖好和奔放個性成為令人無法討厭的天真。」

耳邊聽到一陣嗡嗡嗚聲。抬起頭，一隻小蟲在高懸天花板的燈具附近盤旋飛舞。

「有一天晚上，這個客人來到店裡時已經喝得很醉。她酒量很好，從來沒看過她這麼失態，畢竟是店裡的貴客，我們也很擔心，回程時好幾個人一起送她上了計程車。當時我剛好沒事，也被叫去幫忙。在店門口拉著她手時，她突然驚訝地看著我。我很緊張，暗自擔心自己是不是做了什麼不禮貌的舉動。隔了幾天她來店裡，第一件事就是把我叫過去，我心想這下糟了，走向她座位。

看到我過來，她直勾勾地盯著我的眼睛，單刀直入地問我要不要當他的情人。」

「還真突然呢。」

我喃喃說道。不知不覺中，我好像被他的故事帶到一個很遙遠的國度。

「老實說，我確實被嚇到了。但她坦蕩蕩一點也不覺得有愧的態度，有種不可思議的魅力。更重要的是條件很不錯。我就像被催眠了般接受提議。當然，這件事得瞞著店裡。」

魅力，這兩個字微微刺向我胸口。我發現這兩個小時的關係彷彿在心裡萌生了淡淡眷戀。

「我們的關係持續了三年，很久之後我才問她，當初為什麼選上我，她說，當她碰到我的手那一瞬間就知道了。她過去談過不少戀愛，只要雙手交疊短短幾秒就能分辨一個男人有沒有料理女人的天份。接著她告訴我，再過不久就要因為丈夫工作的關係移居海外。她一臉正經地說我該把取悅女人當成事業來經營，地點、資金、人脈她都會提供，過去她獨占我一個人，但是今後既然已經不可能，我就應該好好發揮這份資質。當時我很了解她的個性，我知道這個聽來荒唐的提議其實很認真。所以，就有了現在的我。」

真白沉默了下來，我長長呼出一口氣。

「很多人到這裡來都會覺得不安，所以我都會把這段經過說出來。」

他補上這一句。

「外面那塊治療院的招牌呢？」

我問道，他聽到這個問題似乎有點意外。

「那是我上職業學校考取的證照。但是兩年前她曾經回國一次，當時替她治療時她說很遺憾，感覺不到我這方面的天份。」

看到我笑，他也微笑了起來，靜靜將銀色托盤放在桌上。

我頓時被拉回現實，從手提包中取出皮夾。

他彷彿刻意謹慎地整齊疊好鈔票，撕下一張蓋著真白治療院印章的收據慎重交給我。

我在餐桌上杵著臉頰，一手握著原子筆，不知不覺打起了盹。睜開眼睛，手邊記帳本上的文字斜扭了出去。隔著廁所門傳來沖水聲，丈夫走出來。

他一出來就走到冰箱前，一邊打開一邊說肚子有點餓。灰色連帽上衣搭牛仔褲，這身打扮跟學生時沒兩樣。後腦勺的頭髮睡到翹起來。

「要不要弄點東西給你吃？」

「也可以啦，但是難得星期六，不如出去吃？」

我點點頭，闔上帳本。

仰望著樹葉落盡的行道樹，我跟丈夫並肩而行。

丈夫發現停在枝頭的小鳥，格外認真地思索著鳥的名字，「叫什麼來著？」

我雙手在背後交握，發著呆。去找真白不過是三天前的事，但我自己也覺得意外，竟然能跟眼前的現實切分得如此乾淨。

我們來到車站前新開的西餐廳，丈夫點了漢堡肉跟炸蝦午間套餐，我吃拿坡里義大利麵。想起小時候爸爸經常在附近老咖啡館點這道菜。

叉子轉呀轉地纏起一口麵送進嘴裡，味道比記憶中纖細多了。番茄醬帶有淡淡甜味，還放了很多培根、洋蔥跟青椒。

「要吃一點漢堡肉嗎？」

丈夫主動詢問，我反問他。

「你該不會是想吃拿坡里義大利麵了吧？」

「被妳說中了。」

他馬上承認，把漢堡肉和炸蝦都分了些給我。

肚子漸漸鼓脹，坐在附近那群中年婦女突然一陣爆笑。

明知這樣很沒禮貌，還是忍不住豎起耳朵偷聽，她們好像正熱烈地討論著一個婚期將近的女孩。

「就是啊，我女兒像我、都是塌鼻子圓臉，一點也不適合穿白紗，所以我才要她穿和服。她竟然嫌傳統文金高島田髮型俗氣，不願意。」

「是嗎？但我那時候也不喜歡文金高島田啊。都是因為婆婆堅持我才不情不願地套上假髮。不管長得多美，只要套上那個都會變成塌鼻子圓臉。上次剛結婚那個女演員的小孩也一樣。」

我用餐巾紙擦擦嘴，試著想像她們當中某一個人偷偷成為真白的座上賓。

我想像著一個平時宛如早已不顧羞恥也沒有一絲女人味，就只有那一天會偷偷塗上口紅換好連身洋裝，悄悄爬上石階的背影。

抬起頭，丈夫臉上是一抹奇妙的笑。

我也會跟她們一樣變老嗎？當然，很難說這是幸、還是不幸。

「餐後附香草冰淇淋耶。」

丈夫這麼說，我垂下眼應聲：「這裡服務真好。」

第二次預約我遲疑了許久，拖了大約一個月。第一次還能說帶著半信半疑的心態，第二次可就沒有藉口了。

相較於我拖泥帶水的心態，身體倒是挺老實乾脆。

反射性覺得討厭時的置之不理，真心說出討厭時的快速收手。原本真心討厭的事，也不再討厭。好像連這一點都被看穿了。

真白什麼也沒問，卻能看穿一切，我們之間只有安靜且炙熱的時間流過。徒留冠著「成人玩具」這曖昧用語的即物式機械聲，發出低喃聲響。

之所以沒有萌生罪惡感，是不是因為沒有真的上床呢？這些行為本身跟一般男人頻繁造訪的那類場所應該沒什麼分別。但女人需要許多非即物式的留白，在碰觸之前和短暫的沉默當中，真白製造了這種留白。

我將臉埋在枕頭中，強烈感覺到他落在我脖頸處的視線。

他自己連上半身都沒有袒露。始終穿著衣服的他並沒有讓我不自在，反而覺得直接以肌膚感受彼此的體溫顯得太親近。隔著白袍這距離，恰到好處。

沖完澡，坐在沙發上拿起杯子，他問我，這是不是一場冒險？

我回答，沒錯。

「可能正因為什麼都不知道，才更想一窺究竟吧。想看看那個我自己也不認識的我。」

「這樣啊。」

點點頭，我正要喝茶，發現連杯緣也是溫熱的。怯生生地喝下，舌頭上留著濃厚澀味，我發現這個人泡的茶不怎麼好喝。

原本覺得料理女人跟泡一壺好茶應該很像，其實似乎沒什麼關係。

本來想跟上次一樣好好聊聊，但他馬上開口。

「那就麻煩您結帳。」

說話的溫度跟第一次很不一樣，我不由得一驚。

匆匆從包包裡拿出皮夾、遞出鈔票，掩飾我的尷尬。

他把找零跟收據給我，迅速低頭向我致謝。

我悻悻然地離開。

從雜木林中仰望藍天。好想哭。覺得很不甘、很不堪。

我是不是還會再來？為了平復這次受傷的心情？

這念頭一冒出來我好像才終於了解，為什麼這世上有那麼多女人明知不該還是不由自主地墜入深淵。

澤井住院了。

她去印度當志工時高燒不退，回國後馬上被送到市立綜合醫院。

我買了花去探病，站在北風呼嘯的火車站前等候前往醫院的公車。

一進病房就看到澤井躺在床上。看起來沒有想像中的憔悴。大概就是運動服肩頭顯得有點寬鬆。

她撐起身體，搔搔剪短的頭髮對我笑。

「還好嗎？」

「好得很。」

她嘴硬地說，還打算下床，我單手制止了她，同時遞出帶來的花。

「謝謝，真的沒什麼啦，不好意思啊，讓妳特地跑一趟。」

「能出院了嗎？」

「大部分的檢查都做完了，如果檢查結果沒什麼問題就可以出院。其實只是吃壞肚子啦，應該是水或者食物吧。」

她把花束放在邊桌，然後揚起眼看著我。

我稍微有些警戒，以為她要問起真白的事。

「今天妳先生呢？」

聽她這麼說我反而更心虛。

「跟朋友去釣魚了。」

「喔？海釣？」

「嗯。能釣個竹筴魚回來就好了，還可以做生拌魚片。」

她笑著說，聽起來真不錯，下次帶日本酒去妳家玩。

「我談戀愛了。本來只打算待一星期，因為這樣才延長了時間，我去他家吃了好幾頓飯，大概是跟那邊的食物不合吧。」

我瞪大了眼睛，她笑得像個惡作劇的孩子一樣。

「對方是什麼樣的人？」

「在當地小學教書。我本來覺得那邊的人都長得差不多、分不太出長相，可能是只有他一個人戴銀框眼鏡的關係吧，看起來有點知性、很迷人。」

最後這句話用唐突的敬語收尾，大概是為了掩飾她的羞澀吧。

「印度的主食是咖哩嗎？」

「算吧，或者應該說咖哩粉？還有很多種香料。一到機場的瞬間味道就撲鼻而來。以前我都覺得日本是個無味乾燥的地方、很沒意思，但回來之後只有我一個人，忽然覺得好安心。這種空氣的稀薄感，還有周圍不刻意關心、抱持一點距離的疏離感也是。」

沒離開過日本的我只能回答，這樣啊。

「那妳暫時會留在日本吧？」

「嗯，看身體狀況吧。雖然還想去見他，不過現實上也不太容易。」

這些冷靜的台詞讓我有點驚訝，忍不住問。

「這種事，忘得掉嗎？」

澤井很不可思議地笑著反問：「什麼事？」

「我說對方啊。如果不見面，就能忘得一乾二淨嗎？」

「妳怎麼了？跟住在同社區青梅竹馬結婚的人，怎麼會問我這個？」

「這是什麼意思？」

大概是我表情僵硬了起來，澤井馬上搖搖頭。

「我沒有惡意啦，我只是好奇，一向活得這麼踏實的千尋竟然會問我這種問題。對方是印度人耶？一天到晚吃咖哩的人喔？」

「我們也每天吃白米飯喝味噌湯啊。」

「但我們不會每天喝咖哩味道的味噌湯啊。」

「先別管咖哩了。」

「怎麼能不管？如果要認真跟他交往，就等於每天得喝咖哩口味的味噌湯，再說我爸媽年紀也大了。」

我沒想到她會提到爸媽這兩個字，有點錯愕。

「我這次有短短一瞬間差點沒命，看到我父母親趕來醫院，忍不住有種罪惡感。再說，我一直很想要小孩。如果可以最好能在三十歲之前生。這樣算算，也差不多該認真考慮將來了。」

我緊皺著眉，仔細聽著澤井的話。

心裡莫名湧出一股不滿，很想責怪她幹嘛說這種話。

我以前不會特別嚮往澤井的自由奔放。正因為覺得她跟我剛好處於對極兩端，彼此才能帶著適當的距離感來往。

真白這個人算是我們第一次擁有的共同話題，但現在我卻覺得腳下的梯子快被抽走了。

我們的母校是一間知名的所謂貴族學校，許多學生都出身富裕人家。澤井也是其中之一。

無論再怎麼任意妄為，也不會真正落入險境。仔細想想，她參加的志工活動其實不過是一種千金小姐的餘暇興趣。

我伸手拿起放在邊桌上的書。

真令人懷念。是大學時在英文系女生間流行一時的短篇小說集《醫生的翻譯員》（*Interpreter of Maladies: Stories*）。當時的我看了沒什麼特別感覺。

隨手翻了幾頁。換成現在，應該可以了解其中〈一件暫時的事〉這個講述夫婦難以修復關係的故事吧。

「欸。」澤井突然開口問我。

「千尋，妳沒想過要孩子嗎？」

我闔上書，不假思索地回答。

「我本來就不怎麼喜歡小孩。」

坐在大廳椅子想喘口氣，喝著紙杯裝的茶，忽然噴嚏不止。

正覺得奇怪，身邊的年輕女性似乎嚇了一跳，扶著胸前的嬰兒站了起來。看到那隻從背帶露出的小手，我才發現自己應該惹人嫌了。正當我覺得心裡一陣不痛快。

「您該不會是對貓過敏吧？」

對方開口問。

「啊？」

「我家裡養貓。雖然已經用除塵滾筒黏掉貓毛，好像還是不太乾淨。」

她單手做出用滾筒在衣服上滾動的動作。嬰兒也隨著她的動作而上下擺動。包覆在襪子裡的指尖徹底安心地放鬆下垂。

「不、沒有。」

她很驚訝，喔？是嗎。再次坐回椅子上。

「因為我娘家以前也養貓。」

聽我這麼說她開心地說，真的嗎！眼睛裡同時包含了她對貓和對孩子的愛。一頭黑色短髮和圓臉，看起來還很年輕。這個人比我正經多了。

有沒有過想跟先生之外的人上床的念頭？

這個瞬間，我很想拿澤井這個問題來問她。

我們不經意地四目相對。她彎嘴一笑，我也下意識地回以微笑。

「寶寶好可愛喔。」

我丟了個安全的話題，她羞澀地笑了。

「可惜長得像我，以後臉應該會很圓吧。」

「沒這回事，長得很可愛啊。」

不知為什麼，她客氣的笑容好像有一瞬間消失了。我擔心自己是不是說了什麼不該說的話，而她慢慢低頭盯著嬰兒的臉。

「就是啊。孩子生下來之後才發現可愛得難以想像。我這才知道，長相跟愛其實沒有直接關係。」

她自言自語般反覆說著，好像獲得了什麼珍寶一般。發現她沒有不開心，我暗自鬆了口氣，但還是不明白她為什麼有這種反應。

我向她點點頭，起身離開。臨走前，她對我說了聲保重。

來到陽光灑落的玄關，有那麼短短片刻，我希望自己可以乾脆消失在這道光線中。

腳的大拇指被一股溫暖的黑暗包覆。

我暗暗訝異，原來人的嘴裡是這種感觸。

真白的身影從腳邊靠近過來。他一邊觀察著我的表情，一邊放進手指。我慢慢地、慢慢地放鬆，任憑自己陷進去。

我無意識地盯著昏暗的天花板。

「我真的不想要孩子。」

我輕聲說道。

他慢慢停下手，反問，嗯？

「已婚的人沒孩子，總需要一些理由，錢、身體問題等等。光是不想要孩子這個理由，就會被認為這個人缺乏了什麼，偶爾會讓我很窒息。」

「我自己沒有小孩當然也沒有娶妻，看到有這種想法的女人，我覺得有點安心。」

我嘆了口氣，順便輕笑一聲。遇到有孩子的女人，他一定又有另一番說詞吧，但就算這些話不帶半點真心，表面上的體貼也讓我好過多了。

我望向自己胸口，一道偌大的雪白縫合傷痕。縫線將撕裂的皮膚硬是拉攏靠近，留下緊繃的痕跡。

「很在意嗎？」

真白問我。我大概是露出很希望他開口問的表情吧。他就是這方面直覺夠敏銳，才能勝任這份工作。

「傷痕本身倒還好。但是當我祖母知道我有心臟病時，很難過地跟我道歉，直到現在印象還很深刻。」

但雖然是心臟病，只要動手術就能根治。祖母以前也動過同樣的手術。母親只要一有機會就會感觸良多地向周圍說起我住院的事，我想丈夫應該很早之前就知道了。記得開始交往後，我不用一一說明，很多事他都已經了解，這讓我很安心。

「妳該不會是在害怕？擔心自己孩子也會得同樣的病？」

我沒回答他的問題，逕自往下說。

「我丈夫完全不在意手術痕跡，是個很溫柔的好人，老實說，我也不懂我為什麼要來這裡。但我總覺得，人生活到現在，好像有些什麼一直沒被滿足。」

「可能是因為這份工作的關係吧。」真白先說了這句前提，再繼續往下說。

「我確實看過許多外形出色的肉體，膚質也會有明顯差異。但是再出色的肉體總會有更出色的出現，沒完沒了，而且意外的是，時間一久這些都不會留在腦海裡。」

「……你說對方的長相嗎？」

他溫厚一笑，點點頭。對。

「當我一個人閉上眼睛時，浮現在腦中的有時候可能是傷痕。我是說真的。因為這是屬於某個人獨一無二的形狀。」

「就算是說謊也好。」我低聲說。

「我可能只是想聽到有人對我說，妳的身體很美，我只喜歡在我眼裡妳美麗的身體。我想其實女人在性行為中追求的無非是這個吧。」

他輕撫著我的背，我將臉埋在他溫暖的脖頸中。

「真白先生一定懂這個道理。」

他附和我。是啊。

「但是到底了不了解，其實跟愛情也沒什麼關係。說我了解女人心，這種話說來好聽，可是一個人如果只有敏銳的直覺，到頭來就會失去自己的心。」

我撐離上半身。

「真白先生的心在哪裡？」

「不知道。但我知道妳的心在哪裡。以後我一定會記得妳。記得妳傷痕的形狀，還有傷痕後面的心臟跳動的節奏。」

他細長的眼睛盯著我看。

我們再次相擁，跟剛剛的感覺已經不同。我的心猶如風箏，五感卻更加敏銳清晰，似乎分化得更加細膩。我坐在他膝上，緊緊抱著他。我看他往平時那個玩具櫃伸手，對他搖搖頭。

他沒說話，立刻卸下皮帶。我屏息等待與皮帶後方的接觸。接著他平靜地抽身，繫好皮帶，同時仔細探索我身體每一個角落，彷彿想轉移我的注意力。我的手環在他脖子上，不自覺地重複說著「我喜歡你」，宛如囈語。就算沒有真正陷入愛戀，也只有這句話足以表達我對這個瞬間能獲得理解的感謝了。

結束之後，我們兩人筋疲力盡地倒在床上，我覺得胸口揪得好緊，眼眶溫熱。

就算沒有進行到最後，我還是能感覺到他的身體確實有這份衝動，光是這樣就已經讓我開心到想哭。

前一晚深夜開始下起的雪，直到下午還零零星星飄著。

「很久沒下這麼大了呢。」

我一邊泡著咖啡。

「希望電車不要停駛。」

丈夫把電視頻道轉到新聞台，我也坐下順口問道。

「是今天嗎？要去跟學妹見面討論婚禮致詞？」

丈夫點頭答是。

下午三點，丈夫今年第一次從衣櫃拿出黑色羽絨外套裹上。

「我猜她應該也會回家吃晚餐，我傍晚之前就會回來。」

交代完後他就出門了。

打掃完後，我穿上有毛圈的羽絨外套外出。雪已經停了，遠方天空的雲染成一片紅。

在車站前的超級市場買完東西後，走著走著，隔著複合式餐廳的玻璃，我看見了丈夫。

坐在他對面的是個披散著頭髮的女孩，喝著咖啡，笑得很開朗。

我提著購物袋盯著他們。

他很久之前就跟我提過，大學學妹春天要結婚，我也知道他們要見面討論婚禮致詞的細節。

丈夫隔著桌子跟對方說話，保持著誠實的距離。

但我還是無法移開視線。

丈夫一開口，稍遲一會兒那學妹就會露出笑臉。那女孩並沒有用手捂著嘴，上半身前後擺動，笑得豪爽大方。她留著一頭褐色中長髮，身穿奶油色高領毛衣。橙橘色的腮紅淺淺刷過。看上去是個活潑好相處的人。

我感到自己體溫逐漸下降。

最後一次跟丈夫上床是去年夏天，我們投宿在輕井澤的飯店時。

我們很少做愛，因為光是睡前的親密聊天彼此就已經滿足，儘管很清楚這一點，現在的我卻想不起丈夫的肌膚和體型。

每天晚上我們隔著餐桌像無話不談的好友般聊天，而這樣的我們跟現在眼前的他們之間，又有多少差別呢？

我轉過頭，將購物袋存放在車站前的投幣式置物櫃，進了車站。

隔壁車站人很少，相較之下感覺積雪更多。我走在積雪的路上拿出手機。

長長的呼叫聲後，在我快要放棄時真白接了電話。

「喂？不好意思，請問我現在預約，方便嗎？」

他回答沒問題，輕快的語氣就像牙醫師約診一樣。他又補上一句，今天因為下雪，晚上的預約取消了。

森林入口霧濛濛一片。

爬上石階，小心不讓枯樹枝勾到圍巾外套，每踏出一步都感覺到上次產生的情感愈加濃厚。明明知道不能這樣。

登上石階，我突然停下腳步，無法再往前走。

通往治療院的小路上積滿了雪。

雪地上留著剛踩下的清晰白色足跡。

我小心翼翼疊踩上自己的長靴，足跡比我略小一些，很明顯是女人。

我轉過身。

石階上的雪已經快溶化，讓我幾度差點滑倒。

除夕夜傍晚，我們搭電車回老家。

走過公園前，太陽已經下山，周圍空無一人。我指著攀爬架。

「我有一次從那上面跌下來。」

丈夫睜大了眼仰頭看，然後很是佩服地說，妳還真是命大。

小時候覺得像座城堡的攀爬架，現在看來還是覺得很高，也不禁體認到其實自己只長了幾十公分。

回到社區，丈夫檢查信箱後先我一步上樓。

看著他的背影我心想，如果丈夫知道了我跟真白的事，會生氣嗎？會難過嗎？

「有一次我看到你跟當時的女朋友半夜在公園裡，兩個人像小孩子一樣一起坐在一個盪鞦韆上。」

說著，我發現自己明明不打算向丈夫道歉，卻期待他能譴責自己。

我希望，我們像那些活在愛恨糾葛中的男女一樣，互相指責、吵得翻天覆地，然後可以從他嘴裡聽到這句話。

「不過當年穿立領制服時，從來沒想像過有一天會跟妳變成夫妻、一起爬上這道樓梯呢。」

其實，妳一直是我的嚮往。

「就是啊。」

分別按下相鄰的對講機，兩人相視一笑。

我母親先跑來開門，開了我們玩笑，「今天這麼調皮？」她身上那件常穿的灰色毛衣長滿小毛球。頭髮染黑了，臉上脂粉未施。沒錯，這就是我媽。

接著是婆婆出來應門。身穿白襯衫外披著淡紅蕾絲短外套的她笑著對我說，千尋好久不見啊。在這老舊社區裡，她永遠是那個能帶來些許燦爛的人。我向她低頭打過招呼。

「剛剛我們正在商量，晚上在我們家吃壽喜燒，妳先休息一下。妳媽說要做些菜帶過來。」

「也沒什麼大不了的菜色，就是牛蒡絲什麼的。」

「欸！有什麼關係。對他們來說家裡吃慣的口味就是最好吃的。千尋一定偶爾也想偷個懶吧，畢竟我們家這個愣小子從小就不機靈。」

兩個人你一句我一句，把我們都逗笑了。我們各自進了自己家門。

走出陽台，夜空棲息著無數星點。

發燙的脖頸漸漸降溫，舒服多了，隔壁陽台傳來打開落地窗的聲音。

「千尋？」

白色隔板那頭傳來丈夫的聲音。

我們兩家陽台之間隔著一片隔板。

我想起高中時半夜來到陽台，經常會聞到隔壁傳來的菸味。只有那時候，丈夫對我來說像是個陌生異性。

如果發現彼此的存在，我們偶爾也會聊兩句，但我多半都默不作聲，只是看著那些飄渺煙霧慢慢消散。

「想念香菸了嗎？」

我才開口問就聽到打火機的響聲。

「雖然現在已經不用躲躲藏藏，但是在媽面前抽菸還是覺得有點尷尬。」

我笑了。都躲成習慣了呢。

等了一陣子，白煙靜靜飄到眼前來。那道煙是朦朧了夜色的銀河，款擺搖曳、冉冉而上。

白色隔板對面，右手夾著菸的丈夫探身出來。

「怎麼了？」

「以前妳也常在陽台對吧。」

「啊？」

「妳可能沒發現，不過我們經常同時在陽台上喔。」

「我是記得我們聊過幾次啦。如果知道我在為什麼不作聲呢？」

聽到我抱怨，丈夫板起臉來回答。

「那當然是因為在意妳啊。隔壁家女高中生大半夜裡站在一牆之隔的陽台上，這很讓人小鹿亂撞耶。」

我走近白色隔板，丈夫眨了眨眼。

手指與丈夫空出來的那隻手交纏，我吻了他。

我們兩人都同等地、客氣地、有那麼點見外地緊張著。

嘴唇分開後，丈夫難為情地微笑。

那個瞬間，罪惡感宛如海嘯般撲來。我終於了解自己做了些什麼。

萬一丈夫知道我跟真白的事，萬一我失去這個人。光是想像就叫我冷汗直冒。神啊，求求祢原諒我，我再也不會這麼做了！

我忍著想大叫的衝動，凝神看著丈夫，一股熟透果實迸裂般的甘甜情感，慢慢漾開。

我也終於發現，自己最想要的或許就是這種罪惡感。

真白跟往常一樣迎接我。

我也禮貌性地點頭。

光是從我的態度他就已經有所察覺。

「要到客廳坐坐嗎？」

我搖搖頭，確認身後的門已經關上，站在玄關門口對他說。

「我來這裡的事……」

「當然不會告訴任何人。如果擔心，要不要我把一開始那張問診單還給妳？」

那就麻煩你了。我答道。

他從後方櫥櫃拿來幾張紙遞給我。

我把紙張折好，馬上收進手提包裡。回家之後我一定會丟掉，但我還是沒有隨意亂塞。總覺得這好像在傷害自己身體一樣丟人。

「大家都是這樣的，不會來太久。」

真白平靜地說。

我盯著他看。

來這裡之前，我印象的中他是一片黑暗。他化身為不安和恐怖膨脹後的陰影。

現在我眼前的他，依然是個客氣溫文的青年。

「每個人都漸漸不來了？」

「有時候是，也有不少人離婚、找到新戀情。無論如何都不會長久。大部分的女人都無法回到兩個男人身邊。」

看到我沉默不語，他微笑地說：「我只想提醒一件事。」

「千萬別對妳先生坦白，也不要期望他能理解。」

「也對。」

我同意他的意見。其實我覺得自己有一天可能會說溜嘴。

他好像早就已經看穿我。

「別擔心，不會有事的。既然妳已經有自覺，一定會好好珍惜妳先生。」

他彎起嘴角一笑。

這時候，我第一次真切地覺得，這個人已經毀了。

在這座森林深處，他等待著從不間斷的女客，一天天老去。

「你會一直等著給你這個地方的女人嗎？」

他不假思索地回答。

「這個世界上，也有對愛不感興趣的人。」

我沒再追問，轉過身。

「再見。」

他對我道別。我沒回頭，直接回了他一聲謝謝。

森林小徑中只冒出些許草木的新芽，其餘是裸露出的褐色地面。

我突然在土質變軟的地方停下腳步，將體重移到右腳上。

移開右腳，地上沒有留下足跡，只有幾處看似蟻巢的高跟鞋尖細鞋跟孔。

感受著從樹隙間灑上眼皮的陽光，我走下穿過森林的石階。

蛇貓奇譚

圓潤的手指慢慢接近，下個瞬間，被遮蔽的視野頓時敞亮。指腹上沾著一團宛如乾掉藥丸蟲般的眼屎。

「這傢伙真老實。通常都不喜歡人用手指拿掉眼屎的。」

先生半是無奈地這麼說，小春則得意地用面紙包起眼屎。

小春伸長了腳躺在嫩綠色沙發上。沙發上有很多顆抱枕，我一坐進她雙腳之間，彼此就都無法動彈。多舒適的拘束感啊。隔著牛仔褲的大腿內側好溫暖。

「對了，我今天去乾洗店，毛衣拿出來的時候還掛在廉價衣架上。如果這樣掛著晾乾肩膀會變形的耶。早知道還不如在家裡自己洗。」

正在看電視的先生一邊轉台一邊心不在焉地回，這樣啊。我壓著喉嚨咕嚕咕嚕低吼，代替他發聲。

「所以我把折扣券丟回去了。」

「什麼？」

先生轉過頭來，顯得很意外。

「丟回去？」

「一星期之內取件他們會送下次消費用的折扣券啊。算是我無言的抗議吧。老闆好像很尷尬。」

「他有問妳為什麼嗎？」

聽了先生的問題，小春瞪大了眼睛眨了幾下。

「什麼怎麼了？」

「很少人會退回去吧。妳上次還對麵包店店員發脾氣。」

「那是因為大家都在排隊等結帳，他卻顧著聊天啊。」

「妳這個人平時走在街上被撞到妳還會跟人家道歉，我看妳最近有點奇怪，脾氣變得很暴躁。」

小春一臉不服氣。

她雙手伸來穿過我兩邊側腹將我抱起，然後緊緊攬在懷中。

小春一邊摸著我眉間問，小豹一定會懂我吧。我前腳緊緊巴住她，「喵」一聲表示同意。很多同類都不喜歡被抱著，但這種黏膩寵溺對我來說卻是極其幸福的時光。

三年前我開始跟小春一起生活。

那是一個吹著乾風的秋夜。我剛降生在這個世界上差不多一百天。飢寒交迫的我差點昏死在公園花壇，是下班途中的小春發現了我。我身上橙橘黑色交雜的毛色很像獵豹，所以她給我取名叫小豹。

結婚後小春還是最疼我。

先生如果忘記把面紙從長褲口袋拿出來，她就會尖聲指責，但是總是寬大地包容我的任性。我如果深夜兩點肚子餓叫醒她，她也會睡眼惺忪地進廚房，替我準備撒了滿滿柴魚鬆的罐頭飯。

小春一早就開始吐，先生查了一下，決定帶她去星期天有看診的醫院。

我在圍著紅色圍巾的小春腳邊叫著。吐沒什麼稀奇的，妳不要擔心！

小春抿著嘴、強忍住快湧上喉嚨的作嘔感，摸了摸我的頭後跟先生一起出門。

過了中午，小春跟先生回到家。

我上前迎接，先生很開心地脫掉外套。

「小豹，今年夏天我們家要有小寶寶了喔！」

小寶寶！

我嚇了一跳，差點往後翻。

去年我在陽台午睡時，曾經聽到對面人家窗口傳來響亮哭聲。我抬起頭，隔著窗看到一個身穿雪白輕蓬衣物的嬰兒。

即使在媽媽懷裡，嬰兒還是大哭不止，像是吃了毒藥一樣用力伸長了手腳又揮又踢，上半身往後仰再一陣又揮又踢。看來簡直是場悲劇。

小春輕聲地說要休息一下，躺在沙發上。

要是那又揮又踢的光景也出現在家裡可就糟了。我這麼對她忠告，但小春只是呆呆地盯著半空。

我實在忍不住，一躍跳到小春膝頭，就在這個瞬間。

「小豹！」

先生臉色鐵青把我狠狠從小春膝上揮開。

我落地之後小春這才回過神來起身。

「小豹，沒事吧！你怎麼這樣，小豹又不懂。」

「抱歉……我擔心壓到妳肚子，就忍不住……」

「這我知道啦，可是……。小豹，過來。」

小春抱起來後我頓時安心，我安心窩在她胸口，心想，還是暫時不要躺在她肚子上吧。

「中餐我來做。妳想吃什麼？」

「番茄和鮪魚義大利麵應該吃得下吧。」

先生說了聲OK，走進廚房。

聽到打開罐頭的聲音，我馬上跑過去。先生輕聲念叨，真拿你沒辦法，分了點鮪魚到空盤裡。

十幾分鐘後，餐桌上放著兩盤冒著蒸氣的番茄鮪魚義大利麵。

「鹽味可能不太夠。」

先生這麼說，襯衫前襟沾上了番茄醬。

「不會啊，很好吃。」

從早開始一直吐的小春，這時大口吸著義大利麵。細長的麵條瞬間從盤裡消失。

她狼吞虎嚥的迫切看了有點嚇人。

吃完後小春甜甜一笑。

「晚餐還想吃這個。」

先生停下捲動叉子的手，露出僵硬的笑容。

鄰家草坪長高，藍天愈來愈眩目的時節，小春肚子已經大得驚人。

每天晚上上床後小春都汗流浹背，睡得很難受。因為她不能翻身，我反倒可以在旁邊一覺到天亮，覺得挺開心的。

先生下班回來後，小春在煮味噌湯，他在後面拿碗、整理碗盤，開心地問。

「今天也一直動嗎？妳叫了有反應嗎？」

小春攪散味噌回答道，唱歌時寶寶會踢很多次。

餐後喝著茶，小春拿出從醫院領回來的超音波照片給先生看。

我也在旁邊偷看。模模糊糊的白影上有兩個黑色的洞。根本是張靈異照片。

先生認真盯著這張靈異照片。

「實在看不出來像誰。」

我心想，死了以後就都長得一個樣子了。

「希望別像我，最好能像你。」

小春從茶杯上抬起頭認真這麼說。先生溫柔地回答，像誰我都喜歡。

「我弟弟跟媽媽像一個模子印出來的，長那麼漂亮，我卻一點也不像。」

「是啊。不過阿慧雖然臉蛋長得帥，感覺卻有點冷冰冰的，我覺得現在妳這樣子比較討喜、很可愛。」

「謝謝。我會小心，希望懷孕之後不要胖太多。」

說著，小春笑了。圓滾滾的眼睛、圓滾滾的鼻子跟嘴唇。小春不自覺地露出撒嬌的表情。

「我媽說，生了之後如果忙不過來，她可以來幫忙。」

「喔？可是她還要顧店，從栃木過來太辛苦了吧？」

先生老家在溫泉區開小餐館。

「也是。如果剛好遇上盂蘭盆節時期可能很吃力。但是她一想到能抱到第一個孫子就很開心，妳媽已經走了，如果真的覺得累，也不用跟我媽客氣。」

小春嗯了一聲。從眼神看來她一點那個意思都沒有。

向來勤快的小春現在一樣每天早上六點起床，做好先生跟自己的便當後才上班。家裡跟以前一樣整齊乾淨，待洗衣物也很少堆滿洗衣籃。

半夜裡，小春一個翻身起床。

我在廁所前等著小春出來。

「小豹，在等我嗎？」

我回了她一聲，喵。

小春喃喃說著口渴，從冰箱拿出瓶裝水灌了半瓶。

然後她低頭直盯著我。

「萬一，我不能像疼小豹一樣愛他，該怎麼辦？」

我偏著頭。沒有像愛我一樣也無所謂吧？我到死都會跟小春在一起，但人類的孩子長大後就會離家。

嘿咻！小春小心地彎膝蹲在地上，輕輕抱住我的頭。

「如果小豹是人該多好。」

我一點也不懂為什麼她要這樣想。

一陣慌亂腳步聲把我吵醒。

我衝到玄關時，小春跟先生正拿著大行李在穿鞋。

「小豹，我們去醫院喔。」

先生留下這句話，照顧著汗流浹背的小春走出玄關。

真是辛苦了，我又回到昏暗的寢室，躺在冰冷地板上。

到了傍晚兩人還是沒回來。

我肚子餓了，在廚房到處繞，拉出一袋柴魚片。

舔著散落滿地的柴魚片，我心裡有一絲不安。我從沒餓過這麼久。

終於有點飽了，我蜷在沙發裡。窗簾一早拉開就沒再關上。

呆呆盯著夜空，一個晚上看到好多顆流星。

霧靄瀰漫的清晨，先生終於回來了。

不顧猛烈抗議的我，他速速開了罐頭。

「不好意思啊，但是我得馬上回醫院。」

他放下一個裝了尖尖滿滿鮪魚飯的盤子。唏哩呼嚕大口大口地吞，三兩下就吃完了。這段期間先生在沖澡。

先生一臉清爽地換上乾淨T恤，露出燦爛笑臉。
「終於生了。」
大概是一口氣吃太多，我覺得胸口很悶。換作是小春，一定會仔細地分成好幾次餵我吧。
門打開我一衝出去，就看到一星期不見的小春站在那裡。
「小豹，我回來了。」
小春慘白著一張臉，一點都不像盛夏該有的樣子，她聲音虛弱。深藍色T恤胸前抱著用布裹起來的嬰兒。
我試圖靠到腳邊，卻被她避開。
「家裡打掃得這麼乾淨，謝謝啊。」
先生笑著說，地上一根貓毛都沒有。我聽了不太高興。這話好像把貓毛當成灰塵還是髒東西一樣。

這時小春臉色一沉。

她直接走進寢室，讓嬰兒睡在有護欄的嬰兒床上。

「你覺得……貓毛真的不好嗎？」

她嚴肅地問先生。

「嗯，如果每天好好吸塵、別讓他靠近應該沒事吧。很多家庭都有養貓狗啊。」

小春表情認真地點點頭，躺在床上闔著眼，垂下的手臂顯得虛弱無力，我叫了幾聲，很擔心她的身體，但她沒理我。先生說忘了打一通工作上的電話，連忙走出寢室。

我輕盈跳上床，看看小春、再看看嬰兒的臉。

滿臉皺紋的嬰兒皺著眉頭沉睡，一點也不可愛，看起來只是個小老頭。

小春的睡臉還比較像嬰兒。

隔天起，先生不在的時間小春睡睡醒醒，忙著照顧嬰兒。

嬰兒一哭她就抱過來讓孩子喝奶，嬰兒拚命地吸。小春的表情跟有先生在時不太一樣，顯得很不安。

我想給她打打氣，跳到床上，小春卻像是嚇了一跳，轉身背對著我。

小春，打起精神啊，還有，順便說一聲我肚子餓了。

我挨到她身邊，小春避開我，眼神看起來很害怕。我搞不清楚狀況，咕嚕咕嚕叫了起來，剛睡著的嬰兒被吵醒開始哭。

「小豹！走開！」

我啞然無語，只好離開寢室。

那天開始，小春對我愈來愈冷淡。

只要嬰兒一開始揮舞手腳哭鬧，不管我再怎麼叫她都不肯看一眼。嬰兒睡著之後小春也筋疲力盡躺在床上。

我不過是靠近她，想一起睡，她卻板起臉來對我大吼。

「小豹！不要吵醒寶寶！」

我失望地睡在沙發上。

先生也發現了小春的改變。

星期天下午，趁嬰兒午睡時，他們倆正吸著麵線。

「小春，妳最近是不是對小豹很冷淡？」

聽他提起這個話題我覺得好安慰，從沙發上抬起頭來。

「我現在只覺得他是個有尖耳朵、長尾巴的動物。」

聽到小春連珠砲似地說出這段話，我完全僵住了。她剛剛說什麼？

「妳、妳說什麼？」

小春顯得很不耐煩，用筷子戳著蕎麥麵碗底部。

「有尖耳朵、長尾巴的動物？妳是在說小豹嗎？」

她說得是沒錯，但又有點奇怪。我縮著身子觀察他們的對話。

「我無法同時愛他們兩個。」

小春擠出這句話，先生沉思了一會兒後，問。

「妳的意思是，連我也不愛了？」

我吃飽了。小春丟下筷子。

接著她一屁股癱坐在廚房地板上哭了起來。看到那柔弱的背影，讓我忍不住想替她順毛，而先生跟我，都只能束手無策地旁觀。

半夜裡，哭聲把我吵醒。

小春面無表情翻身坐起，把嬰兒放在膝上，呆呆唱著搖籃曲。

薄窗簾外是一片深藍色夜空。先生什麼也沒發現，還在發出均勻呼吸聲。

嬰兒哭個不停。小春開始一點、一點打起盹來。

不能睡。我想叫醒她，發出特別尖銳的叫聲。

這時小春一驚，睜開了眼睛。接著她看看哭泣中的嬰兒、再看看我。是我叫醒妳的喔，我得意地叫著。

小春放下嬰兒站起來。

走出寢室，我快步走向起居室，心裡充滿期待，是要給我吃飯嗎？

小春停在沙發前，轉過頭來。

在這之後，我嚇到跳了起來。

沙發上的抱枕朝我飛來，掠過我鼻尖砰地一聲落地。

小春面目猙獰地瞪著我，右手還抓著抱枕。抱枕一顆接一顆丟過來。雖然沒打中，但是都驚險擦過我身體。

她的頭髮從髮根處開始漸漸變白，嘴角和眼角佈滿皺紋。她瞪大圓亮的眼睛，下巴變細，臉跟我最討厭的蛇變得很像。

小春從一個可愛的年輕妻子，變成美麗的老太婆。

這美麗的老太婆亢奮地鼓脹鼻翼，高舉右手。她手中銀色小刀前端閃著銳利光芒。我目瞪口呆，瞬間無法動彈。

美麗的老太婆用力一揮，刀逼近我頭上。

為什麼只有我……？

不知為什麼，聽到小春這哀傷聲音的瞬間，眼前頓時一片黑。

回過神來時，小春已經癱坐在地上抽抽噎噎哭著。

睡出一頭亂髮的先生擔心地輕撫她的背。

小春一直叫著我的名字，小豹、小豹。

「小豹很可愛、很乖，一點錯也沒有。」

先生點點頭，知道、我都知道。接著瞥了一眼滿地抱枕。

「我看妳這是產後憂鬱症吧。我們明天去醫院一趟。」

小春哭著輕輕點頭。

起居室安靜得出奇，只有空氣清淨機悄悄發出聲音。

「我一直很害怕，怕我也變得一樣。」

「一樣？跟誰？」

小春沒回答先生的問題。

「沒什麼。我再也不會這樣了。」

她只說了這麼一句，就沒再開口。

看小春不打算動，先生對她說。

「其他我們回寢室說，妳先躺下休息吧。」

他站起來，小春像個小孩子般跟在他身後，打開寢室門時，她稍微轉過頭來望向我這邊。

臉頰紅通通的，眼睛也哭腫了，這又是平時的小春。

我輕叫了一聲喵。

小春歉疚地別過頭，關上寢室門。

我跳上已經沒有抱枕的沙發，蜷成一團。只感覺到自己的體溫，有點無聊，我用尾巴輕觸鼻尖，打了個噴嚏。

我從淺眠中醒來抬起頭，寢室的門開了一道縫。

我往房裡偷看，小春已經在床上睡熟，嬰兒也在一旁的圍欄嬰兒床中睡著。呼吸聲小到連我豎起耳朵都聽不見。

我咕溜鑽進房裡，睡在隔壁床上的先生抬起頭，小聲對我招招手，要我過去他那裡。

我沒理他，跳到小春枕邊，勤快地用前腳幫她梳頭髮。先生好像很著急，有點兇地對我說，過來這裡！我還是不管，繼續梳理小春的頭髮。我喜歡小春，我想睡在小春懷裡。

小春終於睜開眼睛，先生警戒地屏住呼吸。

小春盯著我，然後幫我掀開毛巾毯。

我大方鑽進她胸口，蜷成一團。雖然有點悶熱，不過很舒服。

先生大概是頓時放鬆了下來，馬上又發出鼾聲睡著了。

我迷迷糊糊睡著了，耳邊聽到小春微弱的聲音。

小豹，對不起。我最喜歡了，真的真的最喜歡你了。

我在心裡回答，我都知道。那個朝我丟抱枕的雖然是小春，但其實是個蛇一般的美麗老太婆。

我以前也看過一次，那美麗的老太婆。

小春曾經帶我跟她一起回娘家一星期。

我半夜到處亂晃，看到昏暗和室的一角放著一具棺木。

隔著棺木上的小窗，我看到一張瘦削的臉。

隔天喪禮上小春叫她「媽」。那個蛇一般的美麗老太婆，是小春的母親。

小春用只有我聽得見的聲音，說道。

「我答應小豹，絕對不會變得跟媽一樣。」

不要緊。那個像蛇一樣的老太婆已經不在了。

但是從明天開始，可不可以多關心我一點。

我帶著這份心情，輕輕咬了小春圓潤的手指一口。

你並不知道

自動門鎖的門一開，公寓外是一片還留有餘溫的暮色。對面老房子裡暮蟬鳴聲不斷。

那家的院子裡在園藝道具當中放了一座巨大水槽。大小金魚悠游在有些混濁的水裡。隱約可以聽到打氧氣的幫浦聲。

身穿深藍色運動服的老人拖著腳走到院子裡。

他蹲在水槽前開始餵飼料。白粉蝶在圍上花瓣的牽牛花周圍飛舞。帶青苔水槽裡的金魚，說不上漂亮也說不上討厭。無數的紅色魚尾在水中擺動。

回過神來，我繼續踩著涼鞋走向公車站。

在不熟悉的站下了車，大馬路上都是下班人潮。夜裡的霓虹燈和連鎖居酒屋的燈光閃爍刺眼，大樓與大樓縫隙之間的窄巷也熱鬧極了。

坐在公車站長凳上，我出神抬頭看月亮的視線，靜靜地被短袖白襯衫給遮住。

「抱歉，讓妳久等了。走吧？」

回應之前我沉默了一陣子。我陶醉地看著那對大眼睛好一會兒，然後才慢慢站起來，點點頭：「好。」

我們在複合大樓二樓的內臟燒烤店裡隔著桌子對坐。敞開襯衫鈕扣的胸口看起來格外性感，明明是夏天，他抓著夾子的手背還是那麼白。

「我的手特別白，常常覺得很難為情。」

他這樣苦笑。

「我覺得淺野先生這樣很好。」

這句台詞已經不知道說過多少遍了。

「小瞳，妳這個人真是奇怪。」

擠了檸檬吃著鹽味牛舌，隨口聊些根本不會留在記憶裡、可有可無的話題，假裝沒發現店員理所當然把我們視為情侶的態度。

狹小的路上只有三間賓館。

走進巷子，許多情侶為求一間空房，在這三間賓館進進出出。我們半是死心地挑了最舊的一棟建築，發現電子告示牌上顯示還有兩間空房。

房裡雖舊但很寬敞，還有一張最近很少見、有鏡子包圍的床。

「哇，這也太色了吧。」淺野先生開心地仰躺在床上，我靠近他身邊。

「小瞳，過來。」

他天真地笑著，攤開雙手。一顆一顆解開他襯衫上小小的鈕扣，我覺得脊椎一陣酥麻。那張缺乏色素的臉怎麼也看不出年紀。

兩人情不自禁地相擁，聽他輕聲說著小瞳好溫暖好可愛這些並非發自內心的台詞，有一瞬間我輕輕嘆了口氣。

六月，雨下得像點滴一樣斷斷續續的晚上。

我在離家很遠的地方跟很久沒見的大學同學江梨子見面。

嘴唇在餐廳燈光下反射出亮光的她正用粉紅色叉子戳著橄欖，發牢騷說平常忙於工作、假日得伺候無趣的丈夫，就這樣過一輩子簡直跟出家沒兩樣。

她的不滿好比扭不緊的蓮蓬頭，不斷簌簌滴落。

「反正小瞳妳明年也要結婚了，不如趁著還單身玩一下？」

在她強勢的邀約下，我們來到一間無座酒吧。

在那裡上前找江梨子打招呼請喝啤酒的就是淺野先生。

我們三個聊得很起勁，不過最後一班電車的時間逼近，接到先生發來的簡訊後她立刻轉身離開。

她消失在玻璃門那頭一身紅色連身洋裝的身影還清晰印在我的視網膜，我跟淺野先生互看了一眼。我反射性地在心裡輕聲讚嘆，這張臉長得真好看。

有生以來，我第一次如此強烈想要擁有眼前這個男人。

我在桌子底下握住他的手，我們的對話中斷了短短一瞬間，接著，他用力回握我的手。

淺野先生微微彎起嘴角的輕鬆笑容帶點可愛，他大概打從一開始就覺得江梨子跟我兩個人誰都好，也誰都不好吧。

所以才會有開始。

不是我們兩人，是我一個人的開始。

八點多煮完晚餐，一個人吃完後馬上把剩菜換裝小盤、包上保鮮膜。全身放鬆躺在綠色三人沙發上伸直了腿。天花板的ＬＥＤ燈不管任何時候都那麼正向光明。空氣裡還留有一絲絲汆燙過雞肉的香。

我在寢室的書桌前工作，聽到玄關門開的聲音。停下手上工作的同時，一道微光照進房裡。

「小瞳，雞肉該沾什麼吃？」

我想起芝麻醬料盤放在冰箱深處，站起身來。

耕史吃飯時我穿著睡衣喝冰麥茶。

「妳明天要拿成品去交件對吧？傍晚之前嗎？」

「嗯。」

我回應他。

「這樣啊。我這邊因為疫苗的問題現在亂成一團。我們因應副作用的動作確實比較慢，但是如果考慮到發病時的死亡率，還是應該鼓勵接種啊，硬要把這說成勾結或者重視利益，才會帶來更嚴重問題啊。」

我喝著麥茶附和他：「這還真難處理呢。」我心裡一邊想像，同居情侶是不是都像這樣聽著對方說起工作上的事呢？

他抬起頭來。

「對了，我媽說她過一陣子想來玩。到時候午餐我來煮吧。」

我問他要煮什麼？

「義式水煮魚。今天午休時看到電視上在播男人料理特集。以出租公寓來說我們家廚房挺大的，我想挑戰看看。」

我笑著說：「真期待。」搬來這間公寓已經半年，忙於工作的耕史幾乎沒進過廚房。

洗好碗盤，他洗澡時我又回到寢室書桌前。

我正用美工刀在修正還沒切割完的部分，走廊上腳步聲一響，我就反射性地停下手。

耕史進房來，在我鏡台東翻西找拿出吹風機，問我在幹嘛。

「明天要交的東西，在做最後修飾。」

我讓他看了攤在切割墊上的紙。吹風機轟轟聲響頓時打散了我的注意力。

「好細緻啊，真厲害。有這種手藝還可以教小孩子，真是很不錯的興趣。」

小孩、興趣。我依序在心裡複誦著這些單字，帶著一絲絲不以為然。

鑽進床裡，工作到一半兀然被打斷的指尖感覺有點刺痛。我硬是壓下了這種感覺，跟耕史一起入睡。

站前後巷的咖啡廳裡，澤井小姐晚了五分鐘進來。

腳踩厚底涼鞋的她身上穿的是亮色圖案的連身洋裝。之前一頭長長黑髮現在剪成金色短髮，我吃了一驚。

「不好意思，讓妳久等了。妳剛剛有認出我嗎？」

那急促的腳步聲一聽就認出來了。但我沒這麼說，只是簡單回答「有啊」。

「不過確實嚇了一跳，但是很適合妳。」

我雖然嚮往大膽又有個性的打扮，但並不認為那適合自己，我眼裡的澤井小姐十分炫目耀眼。

「真的嗎？其實我以前都跟外國人交往，想染也不行。現在的新男友是日本人，玩樂團的，他說我喜歡怎麼打扮都行。很奇怪吧？明明身邊的人都說我跟外國人交往時表現得比較奔放。」

她快速說出一大串解釋，我瞪大了眼睛。

「要吃午餐嗎？這裡的歐風咖哩很好吃喔。」

澤井小姐遞出午餐菜單。我盯著她袖口沾上的白毛。

「啊，抱歉！我最近剛開始養，貓毛很容易沾到衣服呢。」

她用食指揮掉那根毛。

「養哪一種貓？」

我問。以前我家也養過一次貓。

「波斯貓。身邊的人都阻止我，但我就是很想摸著蓬鬆的毛睡覺啊。反正我暫時也不會出國。真的很可愛喔，雖然打掃有點麻煩。」

順口回應著她，店員過來了，我點了歐風咖哩和芒果汁。

午餐上桌前我打開盒蓋，亮出裡面的紙雕，澤井小姐開心地說。

「好漂亮喔。皇冠加上香檳泡沫，真是太可愛了。氣泡的部分也太纖細了吧！好像真的在飄浮。啊，記得給我請款單喔。」

我點點頭，向她道謝。

澤井小姐換過很多工作，現在在神宮前一間餐廳兼活動空間擔任企畫。經常有人在這個場地辦婚禮後的聚會或者宴會活動，偶爾會委託我做這類紙雕。

除此之外，她也替雜誌寫稿，偶爾擔任樂團合唱，我也搞不太清楚，總之是個超多斜槓的人。

濃稠的歐風咖哩裡有蝦子、干貝，比一般咖啡廳裡的時髦咖哩味道更道地。

「這咖哩真的很好吃耶。」

我說。

「我有時候會因為想吃這裡的咖哩特地過來，畢竟平時幾乎不會自己煮。小瞳妳每天都下廚嗎？」

「剛好上個月派遣的契約結束，現在在家也沒事。」

「不過江梨子介紹我們認識之後，我也請妳幫忙過不少案子吧？聽說妳只有男友不在家時才能工作？妳該擺點藝術家架子才對啊。」

我笑了，藝術家？我搖搖頭。

「妳有做出這種東西的天份耶。假如妳時間夠自由，我還想把妳介紹給藝廊。」

「但是他平常時也沒時間做家事，再說，要是我晚上不在家他臉色會不好看。」

「喔……都還沒登記，就已經是名符其實的賢妻了呢。像我這樣遊戲人生，結果連我爸媽的期待都達不到。」

澤井小姐話說得很直接，我卻忍不住陷入深思。如果我是她，絕對不會說出這種話。遊戲人生。

吃完甜點南瓜布丁，她把放回盒子裡的作品仔細收進袋子裡。

「真的辛苦妳了！會場的照片我之後再傳給妳喔。」

說著，她走向收銀台。

我先她一步走到店外，天還很亮。看著明亮的午後街景，有一瞬間，我幾乎要忘記自己是誰。

「久等了！」她開朗的招呼聲喚我回過神來。我向她道了謝。

「明年春天的婚禮，希望澤井小姐也務必賞光。」

她揮揮手，對我說了聲謝，急匆匆趕赴下一個約。

提著超市的袋子走在黃昏歸途，我繞進路上一間舊書店。

站在書架前隨意瀏覽。

高一時為了尋找自己的歸屬，我進了美術社。我念的那所高中運動風潮很盛，教室裡都是運動社團男女學生的天下。

在美術社裡一開始我偏好素描和水彩。但是畫出來的東西總是線條僵硬、不夠靈活。

當時社團指導老師讓我們看了上美術大學的學長做的紙雕作品。

我心想，這可能很適合自己纖細的個性，試著開始做，結果發現，不管多麼費事的纖細步驟我都一點也不以為苦。大學念的科系跟美術一點關係也沒有，但我依然一直持續做紙雕。

蹲在書架前，大概受到澤井小姐那些話的影響，剛好看到標題寫著「波斯」的書。本來以為是介紹波斯地毯，不過講的是波斯貓。書裡很多照片，我買了下來，心想應該可以做為下個作品的參考。

回家後燉了五花肉和雞蛋，在瀰漫八角香味的起居室沙發翻著書。

個性溫和，有時會像物件一樣靜靜待在房間裡好幾個小時動也不動。雖然親人愛撒嬌，但是不太喜歡被抱。

愛撒嬌卻不喜歡被抱，還真是矛盾，我抬頭看著空中，想通了，只有自己想要的時候別人才能碰。

視線再回到頁面上，上面介紹了一隻美麗的貓，說是許多長毛貓的祖先。大眼睛往上挑，覆滿白毛的臉雖然看來冷傲，還是帶一點可愛的渾圓。我不知不覺說出土耳其安哥拉貓這幾個字。

我反射性地想，真像。至於是不是真的像其實都無所謂。只不過覺得美，所以有了這種聯想。

耕史比平常更早回來，這時我在沙發裡睡熟了。

「妳沒回簡訊，我很擔心呢。」

他這麼說。

「抱歉，我在看書沒注意到。今天燉了東坡肉喔。」

說著，我走進廚房。

耕史拉開椅子，突如其來地問。

「妳想養貓嗎？」

他好像很意外。

我想起剛剛把書放在桌上，輕輕笑了，答道「沒有啊」。

「真的嗎？」

「貓感覺脾氣很難捉摸啊。」

「也對，硬要選的話我比較喜歡狗。」

耕史一臉理所當然。「這樣啊。」我答道，拿起長筷。

「聽說貓如果不高興就不讓人碰呢。」

我把東坡肉裝盤，想起剛剛書裡的描述。

「那當然啊。人也是一樣，不喜歡的時候當然不希望別人碰啊。」

聽他說得這麼肯定，我輕輕笑了。

落在書本的視線上方有白色襯衫在閃動。

我抬起頭，說了聲晚安。淺野先生笑了。我闔上書本站起來。

「吃什麼好？小瞳不喜歡吃魚吧？」

「沒有啊，我吃。今天包包也很精彩耶。」

我看著他塞滿太多資料都已經變形的尼龍公事包這麼說。他的側臉看起來有點開心。

自動門打開，從羅多倫咖啡館走到夜色漸濃的街上，我在心中悄聲說，「但你卻在做這種事」。淺野先生工作很認真。

我們在地下室一間雅緻日本酒吧面對面拿起筷子。我第一次吃大瀧六線魚的生魚片。搭配的酒是天青大吟釀。覺得名字很好聽才點的。

「這是神奈川的酒嗎？」

淺野先生看著我，似乎想起了什麼。我記得他老家在神奈川，之後因為父母親離婚才搬來東京。

他光是看著我的手，拿著杯子的指尖就開始緊張。我咕嚕喝了一口想掩飾自己的情緒。

「小瞳酒量還是這麼好。」

他開起我玩笑。

我聽他聊了些工作上的事，一直盯著他的表情，酒的味道和魚的鮮度都沒進到腦袋裡。

「怎～麼了？」

淺野先生的問題。這個人沒有說「怎麼了？」也不是說「怎麼？」而是說「怎～麼了？」

「你聽說過土耳其安哥拉這種貓嗎？」

明知他不可能知道，我還是問了。淺野先生認真地搖頭，「不知道」。

「是波斯貓的祖先，我覺得跟淺野先生有點像。」

「貓？我嗎？比較常聽人說我像狗呢。」

淺野先生有點難為情地否認，我好奇地想，他公司那些女孩天天跟這種人在一起，不會動心嗎？

第一次見面那天晚上，他在天橋上問我要不要留下來過夜，喝醉之後我膽子大了，用力對他搖頭。

「我不跟第一次見面的人睡。不過你是我喜歡的類型，希望還能再見面。」

他覺得有趣地笑了，小聲地說了聲，是嗎。然後冷不防地對我說。

「從來沒有女孩子這麼直接說這些，真是嚇了一跳。謝謝妳。」

我很意外，問他，你沒有老婆或女朋友嗎？都沒有。這一點他說得很清楚。

我並沒有抱著如果沒訂婚就會正常跟淺野先生交往的期待。因為早在釋放訊息之前，我就知道他想追求的並不是那種邂逅。

儘管如此，每當我跟淺野先生相擁，還是會記住那份重量。我瞬間發現，自己還是動情了。

知道這個事實的那一刻，我決定假裝沒發現自己心動的事實。

我跟江梨子去吃午餐。

我們在西班牙餐廳的露天座位區有一搭沒一搭地喝著紅酒，舀著海鮮飯，互相報告近況。

「對了，我前幾天遇到澤井小姐，她現在頭髮是金色呢。」

我想起這件事，江梨子也驚訝地說，不會吧！

「那個人真奇怪。我只是偶然聚會喝酒的時候見到她，不算太熟，聽說她老家很有錢、是個千金大小姐。」

「這樣啊，難怪她活得那麼隨心所欲。」

我喃喃說道。

江梨子回應了我兩聲，然後不斷反覆地說不想工作。

「我也想像妳這樣辭掉工作，真希望有人能這樣養我。」

我看著認真發牢騷的她，隨口敷衍，是嗎。

我不討厭江梨子，不過有時候覺得她有點自以為是。

當我還在找下一個話題時，江梨子忽然問我，對了，妳跟上次那個人後來怎麼了？我猶豫了一下子，但是最後希望有人傾聽的心情還是贏了。

「偶爾會見面。」

我回答了。

她的表情顯得格外開朗，高聲說，真的嗎？

「所以你們只有肉體上的關係？」

她再三追問，我也只能回答，對。

江梨子喝了口紅酒，咬著她染紅的下唇，對我坦白。

「其實，我也有過那種對象，就一次。可是馬上就散了。這種看似方便的關係，要持續還沒那麼容易呢。」

謎題終於解開。她之所以猶豫並不是因為我，而是在考慮要不要揭露自己的秘密。我忽然覺得輕鬆了不少，點點頭，「就是啊」。

「反正我的目的也是為了上床，最好不要想那麼多，每次見面開車直接進飯店就行了，但是對方卻開始煩惱，覺得自己對不起女友也對不起我。我們跟平常一樣約在星巴克見面時他這樣對我說。我可是特地先去了美容院才來赴約的，至少也考慮一下說話的時機吧？我幹嘛浪費時間跟金錢，和他談分手而不是上床呢？」

聽她說得這麼直白我忍不住笑了。看看江梨子的酒杯裡紅酒沒有減少太多。

她說個不停，看起來不像是喝醉，而是出於憤怒的亢奮。

「不過如果拖太久反而不好。一開始彼此都有很多不了解的地方，所以覺得有趣，但是這種純粹出於目的性的關係，愈了解就愈冷淡。假如真的喜歡，就不會選擇對方作為玩玩的對象。就是因為在伴侶或外遇對象身上都覺得少了點什麼，才能形成這種平衡吧。」

她下了個說服接受的結論，又把話題拉回我身上。

「那你們都怎麼見面的？是不是擔心被看到，都直接開車去飯店？」

「我們好像沒那麼小心……通常都約在他下班後，一起去吃點東西、聊聊天……然後牽手去飯店，這樣想想好像很危險呢。我從沒想過這個問題。」

我愈說愈小聲，彷彿在自言自語。

江梨子很不可思議地看著我，我擔心自己是不是說了什麼不該說的話，問她，怎麼了嗎？

「我說，你們這樣不叫做炮友，完全就是在交往吧？」

「啊？」

我驚訝地反問。

「我覺得……應該不算吧。」

「怎麼不是！妳想想看。」

「要交往必須是兩個人彼此喜歡吧。」

話說出口後我馬上用力咬緊牙根，覺得後腦勺有點麻。

「妳喜歡他嗎？」

江梨子驚訝地說，出乎意料的問題讓我支支吾吾說不出話。

「嗯，他長得確實很帥，除此之外我對他也沒有太深刻的印象……可是也對啦，反正只是偶爾見面，長得好看就夠了。」

她說完自己的感想。我敷衍地回應著她。

一次，沖完澡後躺在床上的淺野先生背後還留著水滴，我用浴巾替他擦乾，他顯得特別開心。但是要替他擦腳底時，發現他腳背實在太薄，我不禁停下了手。碰觸到的指尖好比快斷掉的絲線那樣纖細，讓我愣了愣。

喂？聽到江梨子的叫聲我抬起頭來。

「啊？」

「老實說，我沒想過妳會這樣。結婚的事妳該不會在猶豫吧？」

沒有。我馬上搖頭，江梨子大概很失望自己的直覺失準，馬上換了其他話題。

我們兩人自己盤裡只剩下蝦子和淡菜的殘殼。

耕史回家晚的夜裡，我整理了玄關，順便開門換氣，外頭的陰暗滲入屋裡。

我突然想散步，換上球鞋出門。

一片漆黑的高中操場上響起鈴蟲叫聲。自動販賣機的燈光淌瀉在暗夜裡，我走到機器前，覺得口渴正想按下麥茶按鈕，發現口袋裡的智慧型手機收到了郵件。

看到內容後我不自覺喃喃複述，「月色」，順勢抬起了頭。

雲像是薄薄拉開的棉花糖，遮住了月亮，只泛出幽暗微光，風稍稍吹開了雲，漸漸露出月亮的局部。

頭頂上是顆遠比我想像中還大的滿月。

我安靜屏息，又讀了一次傳來的訊息。

「小瞳，今天十五。

月色眞美。」

我知道這種不加修飾的文章反而不具任何意義。
這個人一定不知道月色真美，等於 I Love You。
但我還是回了信。

「眞的耶。
我也喜歡月亮。」

不知道是故意還是睡著了，對方沒再回訊。

星期天，耕史的母親第一次來我們新家玩。
她說晚上要去銀座看歌舞伎，要我們別費心，把嫩綠色皮包重重丟在沙發上。
「不用特別招呼我啦。要不要叫外賣壽司？」
耕史在廚房裡忙做菜，對她說：「中餐我來煮，妳吃一點啊。」

「妳們兩個好好休息一下。」

耕史笑著這麼說，但是跟他媽媽並肩坐在沙發上聊天，彼此只相隔著一點點距離，實在讓我有些不自在。

「我很期待今天耕史下廚呢。」

聽到我這麼給耕史面子，她也開心回我。

「這孩子從小手就靈巧，但是很不會收拾，妳一定覺得反而麻煩吧？」

耕史用還新得發亮的STAUB鍋子做了義式水煮魚。鍋子是搬來這裡時他以前社團朋友送的。聽說不是Le Creuset而是STAUB這一點很重要。

「用這鍋子蒸幾乎不用加水，比較容易逼出鮮味。」

聽到耕史這樣強調，他媽媽也驚訝地稱讚，哎呀，真的很好吃呢。

「對啊，真好吃。」

我也認真地點頭。

栗子飯是我炊的。他們兩人稱讚我硬栗子剝得很乾淨，我有種錯覺，好像變成他們的小孩。

「對了，耕史。瀧口，還有另一個小彤，他們最近還好嗎？婚禮的餘興節目跟致詞你拜託他們了吧？」

耕史媽媽問道。

「嗯，上星期跟他們仔細說過了，瀧口提議不如婚禮前來辦個烤肉趴兼會前會。我看一定是小彤提的。那傢伙個性難相處，跟每任男友都交往不久，分手了就要招集大家聚會。」

「她長得那麼漂亮，一定覺得分手也無所謂，反正隨時找得到對象。可是這種事很難說的啊，對吧？小瞳。」

突然把話題丟給我，我給了個安全的回答，就是啊，單身也有單身的辛苦呢。

瀧口和小彤都是耕史高中時期的老朋友。之前參加聚會時聽到他們比我朋友大多了的嗓門，印象很深刻。

「小瞳也會一起去吧？下下星期天，聽說在山梨縣一棟溪流邊的小木屋。」

星期天，我不自覺在心裡低喃。如果耕史自己去，我是不是終於能在白天跟淺野先生出去——。

不過我馬上打消這種妄想。

「嗯，我去。要準備什麼東西嗎？」

我反問他，耕史爽朗地提議買些好肉，試吃比評一下。

「年輕真好。早知道就該趁我腰腿不行之前多嘗試戶外活動。」

耕史媽媽笑了。

「妳也才五十多，避開太吃力的活動，現在開始也不遲啊。」

「但是現在很多人五十多就走了呢。我身邊就不少。多半都是癌症。」

我皺著眉附和道，對，我叔叔也是。

「就是啊，走得有點早呢。」

那是今年初春的事。光穿喪服還有點冷，不過衣櫃裡只剩下白大衣，我沒穿大衣就前往郊外殯儀館。

車站前很冷清，公車遲遲不來，我跟媽一起發著抖，互吐苦水。

「耕史本來說他想請假過來的。」

母親聽了很乾脆地回答。

「來了也只是讓人家多費心招呼他，不來也好。」

也對，我小聲地說。

當我告訴他我一個人出席喪禮就行時，耕史顯得難以置信。

「可是那是妳叔叔耶？是親戚裡關係很近的人吧？一般說來我應該去吧？」

聽到他宛如在替叔叔辯護般地強烈主張，我覺得很困惑。

也不知道是遺傳還是環境使然，我一直覺得我們家親戚普遍感情都很淡薄。而耕史則正好相反。

另外我也沒想到，他會這樣強勢插手干涉我家裡的事。

「但我們又還沒結婚，再說叔叔這個人有點奇怪，以前經常喝醉了發酒瘋，身邊的人其實都很辛苦。」

「如果活著的時候過得這麼辛苦，我是覺得至少最後應該大家好好送走他啦。這樣他也比較容易解脫成佛。」

成佛，我心不在焉地念著這兩個字。最後還是以工作為由請他不用來。殯儀館裡大家邊喝啤酒邊說著叔叔的壞話。我覺得很不自在，喝了不少啤酒。回家時祖母和母親異口同聲地對我說。

「妳要好好珍惜耕史。現在已經很難找到像他這麼有擔當的男人了，到頭來還是這種人最適合妳。」

只有這時候眾人同聲附和。唯有我沒笑。耕史是個有擔當的男人這一點我沒有異議，但他真的適合我嗎？長大後的我跟媽他們認識的我，真的一樣嗎？

我把想說的話跟醉意一同嚥下，頓時全身濃濃的倦怠感襲來。

晚上回到家，正在吃雞蛋拌飯看電視的耕史抬頭看我。

「妳喝酒了？」

他很驚訝地這麼問，我瞬時醉意全消。

「嚇我一跳。本來以為妳回來時會愁容滿面。」

我忽然懂了，對這個人來說，喝酒是種娛樂。

義式水煮魚留有一點沒刮乾淨的刺口魚鱗，但很好吃。我先把剩下湯的鍋拿回廚房，心想，這魚鱗的缺陷也沒什麼好提的。

耕史的母親在歌舞伎開演兩小時前離開，好像跟一起看戲的朋友相約在銀座買東西。

在玄關送走她後，耕史很佩服地說。

「我媽不管到哪裡都很多朋友，從以前就這樣。」

我說，你也是啊。

「也還好。我只是喜歡一群人熱熱鬧鬧聚在一起而已。」

回到起居室，我發現房間裡有點魚腥味，打開了陽台窗戶。

對面那戶人家的院子裡開了很多秋天開的花，一個老人站在院子正中間。太陽一西斜就看不太清楚金魚。

我抓著扶手往下看，剛好跟仰望天空的老人四目相對。

我向他點頭致意，回到屋裡對耕史說。

「對面那家的水槽裡養了很多金魚，照顧起來應該很辛苦吧。」

他一聽馬上蹙起眉頭。

「對面那棟老房子嗎？我也看過。讓生物住在那麼骯髒的水槽真可憐。明知道照顧不來，為什麼還硬要繁殖呢？我真不懂。」

我總覺得他這些話像在訓斥好奇觀察的我，安靜著沒說話。

晚餐我用剩下的義式水煮魚湯煮了稀飯。

我在下午漸漸沒了陽光的寢室裡重鋪床單，忽然像藥效過了一樣，開始想念淺野先生的身體。

忘記是什麼時候了，我記得淺野先生說過。

「我們認識隔一天早上收到妳的回信，其實我真的很高興。」

從遮光窗簾縫隙間照進來的一絲光束，就好像旁人的視線，莫名讓人想哭。

以前我也不是沒喜歡過男人。剛認識耕史時，也覺得他長得帥、人很好。儘管如此，我還是踩著正常的階梯，從沒想過跳格或者找其他捷徑去爭取一個男人。為什麼只有面對淺野先生時，我不再是我？自己也不知道該如何解釋。

不過。

回了那封喜歡月色的訊息後，淺野先生有兩個星期沒跟我聯絡。

我錯了嗎？其實一開始就什麼也沒對過。說不定他只是聯誼時遇到可愛的女孩子，立刻開始交往。我靠著想像來說服自己，但一想到這件事全身就像變成一整條粗大神經，從頭到腳都均勻地疼痛著。

平日白天的日子過得太過平穩，沒人會傳訊息給我。辭掉工作後我開始覺得，這彷彿是個慢慢死去的時段。

耕史回來時我正在陽台抽著不習慣的菸。在便利商店像剛學抽菸的小孩般買了包一毫克的碧絲夢淡菸。

才吸吐了三次，就覺得喉嚨陣陣刺痛。

鑰匙開門聲從腳下傳來，我慌忙捻熄菸。

回到室內的同時耕史也進門了。我笑著迎接他。「我回來了」，走近我時他表情僵硬。

「怎麼了？」

我搶先開口問，「沒什麼」，他聲音冰冷，逕自去換衣服。

我們在一股莫名尷尬的氣氛中吃著晚餐。

「妳今天跟誰見面了嗎？」

他突然繃緊了聲音問，我吃了一驚，回答沒有。如果能見面我也想啊。我同時也嚥下了這句話。

「騙人，妳剛剛身上有菸味。現在在外面沒那麼容易沾染上菸味了吧。」

聽到他這樣說我其實鬆了一口氣。

「對不起，我抽了菸。」

我老實回答，這下換成他措手不及地驚訝。

「啊？妳會抽菸？」

「沒有啦。大學時候好奇抽過，之後就沒再抽了。不過看來我應該不太適合。」

接著他環視了起居室一圈，問我。

「妳換氣了嗎？」

正在泡茶的手下意識地停住。

「嗯，有啊。」

「那就好，牙最好刷乾淨一點。」

我差點地噗哧笑出來，但心裡的感覺可能更接近想哭。

哈哈，聽到我輕聲地笑，耕史露出不可思議的表情，然後又想起了要交代的事。

「對了，我下週要出差，去名古屋。」

「喔，當天來回嗎？」

「這次還有應酬得喝酒，會住一晚。假如被帶去當地的酒店我先跟妳說抱歉。分公司的人自己愛去、想拿我們當藉口。我可一點都不喜歡那種地方。」

我點點頭。我確實不擔這個心。因為在這個人的價值觀中，不喜歡那種地方是件好事。

「啊，真的不用擔心。我會隨時跟妳連絡。」，

而他相信這都是為了我。

「沒關係啦，你也不要破壞氣氛，記得回訊息給我就好了。」

小瞳人真好，我看著耕史的笑容，一陣心亂。我到底在幹什麼。為了搬家和婚禮幾乎耗盡之前工作的存款、幾個月後即將在眾人面前立誓永遠相守、跟親戚的關係、老後生活，這一切都是因為有愛情才有意義的，不是嗎？

耕史睡著後，我從起居室架上抽出畢業紀念冊。剛搬來時耕史說他想看，當時拿出來後就一直放在這裡。

我已經先說過，不喜歡當時長得平凡又不上相的自己，但耕史幾乎是一翻開頁面就天真地讚美。

「哇，好稚嫩，很可愛啊。」

我聽了有點驚訝。

當時我能去的地方只有美術室，班上受歡迎的男生大概連我的名字都不記得。出社會後每次參加聯誼或聚餐都會湧現當年的回憶，因為缺乏自信所以樣樣小心翼翼，顯得老實又低調。

「小瞳個性很溫柔。」

「感覺很顧家、很療癒。」

聽到這些形容我總是覺得很奇妙。假如當年我跟這些男人在教室裡見面，可能三年都不會跟我說一次話，而他們開始這樣稱讚我。

而只有我自己不懂那個「溫柔顧家又療癒的自己」。在我獲得對這樣的自己而言無可挑剔的生活之後，應該也一樣不懂吧。

我就這樣過著並沒有錯誤、依從多數決定的日子。

他提著比平時更飽滿的公事包。

「那我走囉。」

我在晨光中送耕史離開。
用吸塵器吸著起居室地毯時，看到腳邊長長的影子。
抬起頭，是陽台上鴿子的影子。鴿子發現我的視線驚嚇地飛走了。
我蹲在地上，環抱雙膝，像個無所適從的孩子。
送出的訊息裡透露著連我自己都討厭的迫切心情。但幾分鐘後我還是接到了回信。我馬上單手撐在地面上。
「今天嗎，好，我知道了。昨天出差回來，時間點剛好。八點左右在老地方的公車站可以嗎？」
看了這段文字我實在太安心，好像不見面也無所謂了。出差這個單字帶來奇妙的偶然，滲著淚水的眼睛盯著手機畫面，打了回覆。
「好。去出差了啊？一定很累吧？」
短短幾分鐘的等待好比永遠，當我陷入這種錯覺時，收到了回信。
「嗯，我回來了。」

我反射性地回覆。

「歡迎回來。」

我把智慧型手機放在膝蓋旁。

走進寢室拉開椅子，我面對書桌。

這幾個星期一直在忙的工作，那張細到彷彿隨時會斷掉的紙雕，我輕輕用手指抓起一角。

在雪中玩耍的孩子們立了起來。聖誕樹和麋鹿之後才要開始做。這是為了迎接今年聖誕節目前為止最細緻的設計。要是細緻到這個程度，我根本無法度過日常。

為了一段不知道會不會維持到聖誕節的關係，半夜裡悄悄計算毀婚的賠償和獨居的搬家費用，這些話叫我怎麼說得出口。

輕輕掃齊那些鮮豔的紙屑，丟進垃圾桶。就像丟掉我荒謬的念頭一樣。

太陽下山的時間愈來愈早，我看著染上暮色的街道。藍色夜空上已經掛著淡淡月亮。

本來以為我們兩人快要退回陌生人的關係，但是當身穿西裝的那個人影一接近。

「小瞳。抱歉，等很久了吧？」

一聽到聲音，馬上湧起一股心慌，連自己都覺得懷念，差點連笑容都擠不出來。照在後頸的陽光比我們最後見面那天更炙熱。

我們很自然地往前走，進了附近一間內臟燒烤店。

兩人並肩而坐，在桌子冒煙的小烤爐上烤著橫隔膜和內臟。

光是把快燒焦的蔥翻面都覺得開心。我果然食不知味，除了硬、鹹、沒熟這些最低限度的資訊之外，整顆大腦都放在淺野先生身上。

「其實我本來以為不能再見到妳了。」

這話是淺野先生先說的，我幾乎要懷疑自己耳朵聽到的話。

「我寄過一次郵件給妳，但是被退回來了。」

啊？我訝異地反問。手上還拿著筷子，試著回憶，卻一點印象都沒有。

「是啊，我以為再也連絡不上妳了。也想過打電話給妳，可是之前一直都讓妳勉強自己在配合我，覺得有點過意不去。」

沒這回事。我把這句話吞了回去。分不清是胸口發燙還是眼皮發燙，忽然有點想哭，連忙笑著搖搖頭。

「不會啦。我也不知道為什麼會這樣，其實沒接到你的連絡，我也有點擔心。我還以為是淺野先生不想跟我見面了呢。」

說出這些真心話後，淺野先生也安心地笑了。

「什麼嘛。原來只是我們都想太多，才會這樣錯過。那明天開始我就照常傳訊息給妳喔。」

站在鬧區仰望夜空，是不上不下的深藍。淡淡的月亮像是破了一角，剩下扭曲的殘片。

來到常去的飯店有種回到家的感覺，我跟淺野先生毫無防備地脫下衣服。

每當身體痙攣，腰快離開對方身體時，淺野先生就會進入得更深，我把臉埋在他的肩頭，將他曬成淡茶色的色素沉澱烙印在我網膜，為什麼這個瞬間不發生隕石撞擊或者地球爆炸呢？

能跟這麼喜歡的人做愛，除非地球裂成兩半，否則怎麼能划算、怎麼能打平、怎麼能付得起這種種代價呢。

睜開眼睛，淺野先生正盯著在他身下的我。他通常都埋著臉不抬頭，把我嚇了一跳，呼吸差點中斷。小瞳，他在我耳邊囁嚅。

「見不到我，妳沒關係嗎？」

啊？我吃驚地反問，他的腰動得更劇烈，我下意識緊咬牙關。我無言地搖搖頭，他又問了我一遍同樣問題。

「有關係。」

我奮力擠出「很想你」這幾個字，他吻了我。但淺野先生還是什麼都沒對我說。

沖完澡後穿著浴袍走出浴室，剛好折齊在中線的長褲掛在衣架上。

躺在床上的淺野先生赤裸著上半身發出平靜呼吸聲。電視沒關，晚上十點多的新聞都是些嚴肅話題。

他身材雖瘦，胸肌卻很結實，我沉浸在餘韻中，鑽到他身邊。

他微微睜開眼睛。我緊張地問，把你吵醒了？他笑著將我攬入懷中。

我的臉埋在他熱燙的胸前，一點都冷靜不下來。緊張和顧慮讓我小心翼翼，完全無法放鬆。

稍微離開後鬆了一口氣，但馬上又懷念起他不舒適的懷抱。

「我不習慣跟別人一起睡，這好難啊。」

他開玩笑這麼說，我大膽開口問。

「淺野先生以前都跟什麼樣的人交往？」

這時他誇張地噗哧一笑，然後小聲地說了句。

「說不定以前根本不算真的交往過吧。」

似乎想迴避掉我的問題。

所以才找上我嗎？本來想繼續這麼問，還是把話吞了回來。

他像是想轉移話題，對我說。

「對了，說說妳的事吧。我的事沒什麼好說的。」

對了。他說起這兩個字像在模仿別人，聲音不斷在我心裡迴響。

淺野先生認真喜歡過誰嗎？

他怎麼看我？

他睡著之後我起來，將浴袍丟在地上。收集起散落的內衣和衣服穿上。淺野先生鼓脹的公事包放在沙發上。

江梨子說，因為少了些什麼、因為只是玩玩，才會挑這樣的對象。

那如果一開始就想要對方的全部、喜歡上對方，我又該拿他怎麼辦？

我又一次走近床邊。淺野先生沒睜開眼睛，笑著靠過來抱著我。我們接吻，嘴唇分開的那一瞬間又想接吻，再重複了一次。

我呼吸愈來愈急促，淺野先生睜開他那對大眼睛，跟平常一樣問我。

「該回去了嗎？」

這時我有股想哭的衝動。

「沒關係，今天不急，可以慢慢來。」

我再次脫掉薄毛衣這麼說。淺野先生沒有退縮。他從較低的位置開始吻我的側腹，我呼吸紊亂。淺野先生忽然笑了。很開心地、像個天真少年一樣地笑了。

他進入我的身體，對兩人能這樣碰觸彼此感到無比開心，我抬頭看著他，他嚴肅地叫著我的名字，小瞳。我問，怎麼了？

「很多時候我都很慶幸有妳在。」

那一剎那，我眼皮底下一片空白，就像炸裂開來。

我緊抱著他，將臉埋在他鎖骨來掩飾自己。我就像水槽裡的金魚，不斷吸著打進來的氧氣。我無路可逃，只能吸著虛偽的空氣，迴游於家裡跟飯店之間。

第一次跟淺野先生做了兩次。然後兩人相擁，熟睡到彷彿失去意識。

第一次跟他見面那天晚上，我就已經不是我了。

明明再過不久就要結婚，卻跟第一次見面就提議要過夜的男人交換電話號碼，我知道這很不像話。好幾次我都害怕到差點要刪掉號碼。

約好見面那天我很緊張，淺野先生下班前，我找了一間較早開始營業的酒吧，不斷喝著紅酒。喝到醉意逃竄到我顫抖的雙腳中。

接下來的事我只記得一些片段。

啤酒屋裡宛如球場燁燁燈光照射下的熱鬧喧騰；桌腳不穩的白色桌椅組；二十天不見留長的劉海後那對令人懷念的眼睛；以為瘦弱其實很有男人厚度的肩膀；一舉起啤酒杯就滴落的水滴。

玩笑話的空檔中，「等一下可以去妳家嗎？」只有這句話他問得很謹慎，我馬上回答，不行。

我的身體像是染了病，一會兒冰冷一會兒火熱。

「我想去能過夜的地方。」

說出這句話時，我到底是什麼樣的表情？

飯店浴室突然重重一聲雙手用力拍牆的聲音。

他從背後緊抱著我，說想直接進去。不行，我拒絕了，但他沒聽，還是進來了。快感超過我能容許的範圍，大腦數度覺得快要爆炸了。

我們在床上糾纏時，他冷不防這麼問。

「我知道，妳有男人吧。」

我仰望著他，他先我一步開口。

「我大概猜得到，也有這種時候吧。」

他溫柔地這麼說，沒再多問。

我沒有勇氣確認，當時的他是覺得安心，還是有點失望。

從我們合而為一的那一刻起我就身處於絕境，直到結束的那天突然到來之前，只能繼續跟淺野先生嬉戲。這種關係甚至無法用「我們」來包裹。但其實每個人都是他人，再怎麼樣也無法包裹在一起。

淺野先生不知道我的一切。

我們別離的那一天，想必已經不遠。

我們第一次一起離開飯店，呼吸著清晨的空氣。

明明跟昨晚是一樣的打扮，我看著筆直往前走的淺野先生，卻覺得他好像穿上剛從乾洗店拿回來的西裝。

「感覺好新鮮喔。」

他認真地這麼說。我們之間保持著一點距離，看起來很像上班前剛好巧遇的上司跟部下。

鬧區路上散落著許多白色的東西。我凝神望著，好奇那是什麼。結束夜晚工作的黑服男人們打著哈欠正在整理店門前。

風一吹，許多花瓣吹來我腳邊。一束連緞帶都沒解開的雪白玫瑰花束被丟在路邊一角。

「這種事應該永遠不會忘掉吧。」

我忍不住對淺野先生說。

「清晨回家，一起走在玫瑰花散落的路上。」

淺野先生只是點點頭，簡短回我。

「大概吧。」

接著他沒說話，再次往前走，配合著我的速度。

森林裡的露台上沒多久就充滿了烤肉的香味。

用夾子一一替肉和蔬菜翻面，然後裝上紙盤，像生產線作業一樣遞交下去。

我也幫忙發免洗筷，趁隙喝了很多啤酒。耕史的朋友比起吃喝更忙著聊天。

其中居於中心炒熱氣氛的，就是我以外的另一個小彤。

雖然跟我年紀沒差多少，不過她在薄褲襪外穿著短褲，一點也不吝惜露出豐滿的大腿。她一身同性眼中覺得目的性十分明顯的打扮，還有只有美女才適合的前後同長鮑伯髮型，一一把烤好的肉分給男人們，倒啤酒的時機也很準確，我遠遠望著那我完全無法相比的外貌和用心。

「我早就知道山瀨一定會創業。」

耕史感慨地說。

「記得高一時的自我介紹嗎？山瀨說到將來的夢想，真厲害。」

比較漂亮的小形笑著拍耕史的肩。

「他那時說想當什麼？」

「日盤交易員。」

「那傢伙一定不知道自己在說什麼吧。」

你一言我一語的他們看起來跟學生時期沒兩樣，看樣子等等可能會踢起足球吧。

聊到一個段落後，耕史開心來到我身邊小聲說。

「妳跟我學生時代的老朋友在一起，感覺好新鮮啊，真開心。」

謝謝。我一邊回答一邊心想，「學生時代」。我想起那些永遠有豐富行程、精彩活動的活躍團體。

我不知道該專注在什麼、在誰身上，肉和對話和酒的味道，彷彿都融化在陽光下。

我瞥了一眼那個比較美的小形。她正開心哼著以前流行過的偶像團體歌曲，只有這時候我才覺得我們生長在同時代。

假如長得好看一點

會不會認真愛我一點

我專心聽著誇張的歌詞，正覺得情緒要滿溢出來，耕史的朋友忽然說。

「小彤，妳在懷念什麼啦，該不會想起以前喜歡耕史的事吧？」

眾人一陣哄笑，只有小彤和耕史瞬間顯得倉皇、視線游移。我愣愣扯了扯耕史的衣袖。

他若無其事地稍微離開現場，「不是的。」

「那是高中時開玩笑說要告白什麼的，就像剛剛那樣旁邊的人一直起鬨而已。都是以前的事了。」

我只說了聲，是嗎？接著我鬆開手，走向放在露台一角的包包。

我看了一眼智慧型手機，又馬上收起來。

我假裝散步，走下露台樓梯，慢慢踏在花草繁盛的小徑上。聽著耕史他們漸漸遠去的笑聲，我心裡好想大叫。

現在就想見他、想碰他、想跟他說話、想聽他聲音。我在你心中是什麼人？只有這些永遠無法問出口的問題在腦中不斷空轉。我無法責怪耕史。就算他讓我跟名字念法一樣、還喜歡過他的美女待在同一個空間裡開心取樂，也一樣。

如果那時候淺野先生一開始不是叫住江梨子、而是叫住我，該有多好。我會覺得害怕，我會不想發展出超乎肉體的關係。

我聽見耕史在叫我。真的有人說要踢足球，我還聽到啪答啪答跑下樓梯的腳步聲。比都會裡更大的蝴蝶從我腳邊飛起，我感受著土壤的蒸騰熱氣，終於領悟到，跟淺野先生上床的懲罰，就是自己的寂寞對誰都無法說出口。

不知道是誰把球踢過來這裡，我擠出笑臉轉回頭，踢了有生以來第一次摸到的足球。

只有我不知道

聊著聊著，我開始有了醉意，胃的深處微微絞痛。

我抬起視線，深深吸了一口氣。貼在牆上的手寫菜單已經褪色。看來今天晚上也喝多了。

我從山崎滑嫩的手中接過菜單，假意在挑選。

「我喝了不少，差不多可以走了，去找女孩子搭訕吧。」

聽我這麼說，進公司第二年的山崎精神飽滿地應了聲是，笑著看我。

走出連鎖居酒屋，大馬路上人少了很多。也難怪，畢竟是星期二晚上。這個小地方稱得上鬧區的街道沒有幾條。

來到年輕人聚集的ＨＵＢ，跟山崎拿著啤酒杯環視店內。

「那兩個看起來還不錯吧？」

山崎附在我耳邊，指著看起來剛下班、披著風衣的兩人組這麼說。兩人都留著及肩黑髮，長相馬馬虎虎。看起來應該比我年輕、比山崎大。大概二十多、快三十吧。

山崎挑了挑無害的眉毛，一點也不隱藏心裡的期待，我偷偷看了他一眼。在客戶高層之間風評很好的山崎經常感嘆自己不受女孩子歡迎。

我們上前搭訕，她們倆嗤嗤笑起來回應著我們。「請我們喝啤酒吧。」「Yeh！」觀察著對方反應隨口搭兩句話，我漸漸搞不清楚自己身在何處。

胃又痛了起來，我杵在吧檯，一個女人大概誤以為我要跟她搭訕，我半開玩笑地說，怎麼了嗎？正想展現兩句口才，忽然看到吧檯上的花。

——你腳好冰喔。平常工作這麼忙，還是要多注意身體喔。

幾週前的深夜，小瞳摸著我伸在床單上的腳踝這麼說。

我什麼也沒能回答，只是感受著她手摩擦腳的體溫。我想不起來她當時的表情，也想不起隔天早上離開飯店時散落路邊那些花的顏色。

除了工作以外，一切在我眼中都只是個模糊的輪廓。就連我自己的輪廓，有時候也不確定到底存不存在。

大概是擔心末班車時間，女孩們突然說差不多該回去了。我還是開口問了聯絡方式，但她們只是曖昧地笑笑偏著頭。

兩人組離開了，他手撐在吧檯上對山崎說。

「走吧。」

山崎像在猶豫著什麼，安靜片刻，然後猛一抬頭。

「我去送她們！」

我忍著笑，目送他勇敢衝出門的身影。

第一次跟小瞳見面那天晚上下著雨，山崎肚子痛先回家。我總覺得還不夠盡興，自己一個人進了ＨＵＢ。

我找上兩個女孩搭話，小心降低她們的警戒心。一開始只是單純想打發時間。一個是多話的美女，另一個雖然沒那麼糟，但相較之下很內向，好像只是禮貌性在配合應付。

後來那個美女急匆匆地離開，在桌子底下毫不猶豫握住我手的，是那個內向的女孩。

她帶著幾分媚意看著我，想必自己也有自覺。

「你還能喝嗎？」

她問。我心想，應該拿得下，頓時士氣大振，馬上點頭。

加點啤酒時我順便問了她名字，她回答我，叫小瞳。我猜她年紀應該比我小，不過問對方年齡又很失禮，我試探著問，妳看起來酒量很好。

「我已經醉了。」

她笑著這麼說，語氣很鮮明，不過那天晚上結果連接吻都沒成功。

所以下一次見面時她主動邀我去飯店，讓我很意外。驚訝之餘我還是趁她還沒改變心意快快牽著手走進後巷。她的胸不大，但皮膚很好。

雖然才剛認識，但是我們兩人身體很契合，感覺很不錯，最後在昏暗浴室裡沖著熱水，我打算從後面來，打斷了她「你還沒戴」這句話，硬是進去。

我一直想試試不要戴，對這個願望有種奇妙的執著。但從來也沒體會過真正的滋味。

我往小瞳的臀部射精，感到一陣好比醉意再次襲來的朦朧，之後使出最後一點餘力抓住蓮蓬頭替她沖洗身體。

熱氣蒸騰的黑暗中，我聽到一個微細的聲音，「好溫暖」，我心想，這個人的聲音真美。

我先躺回床上，她迅速跑到包包旁確認手機。我也隱約察覺到了，等她回到床上時我試著問，她只回給我象徵肯定的沉默。我想她應該還沒結婚，但大概已經有了同居對象。這麼一想就可以解釋之前種種奇妙的行為。

我出神地想，這還是第一次跟有男人的女人發展成這種關係，然後不知不覺跟她一起沉沉睡去。

早上醒來時小瞳已經不在，我脫下的衣服好好掛在衣架上。

乘手扶梯上了新幹線月台，隊伍罕見地紊亂。

山崎很守規矩地走到隊伍最後面排隊，我稱讚了他。

「我最討厭那種一臉理所當然插隊的人了。每次都覺得很不可思議，他們怎麼有臉這樣做。」

聽到這些話，我在心裡反覆念著「插隊」這兩個字。

「淺野先生，你這件襯衫跟昨天一樣吧？」

山崎高興地問。本來以為男人不會注意到這些，我老老實實點了頭，嗯，對啊。

「昨天工作來不及做完，沒趕上末班車，就睡在附近膠囊旅館。」

「喔？真的嗎？可是淺野先生這麼有女人緣。」

「要是真有女人緣我早就結婚了。你之前追的女孩子後來怎麼了？」

「別提了，上次一起去喝酒，她跟我說喜歡客戶公司的ＳＥ，想問問我男人的意見，聽了真沮喪。我想交女朋友啦！」

女朋友啊，我嘴裡喃喃念著，踏進開了門的新幹線。

拎著裝便當的袋子來到對號座跟山崎並肩坐下，這時終於能把腳伸直。最近的膠囊旅館已經很舒適，但我還是無法真正熟睡。

快發車時一對看似大學生的情侶上了車，滑壘坐進跟我們相隔走道的座位。山崎瞥了他們一眼。那女孩可愛得出奇，表情鮮活靈動地跟男友說著話。

假如眼前出現了這麼一個女孩主動邀約。

「淺野先生，晚上要不要一起吃飯？」

那倒另當別論，但現在的我或許因為各方面都夠滿足，好像沒有那麼強烈的慾望。我原本就沒那麼想結婚。總覺得比起結婚，還不如多培養幾個像山崎這種部下，人生更有意義。

「淺野先生的家人就是公司同事吧。」

對我說出這句話的也是小瞳。我們最後一次見面是什麼時候呢？

發薪日前邀約手頭有點緊，每個月中旬到月底我們通常不會見面。但她從來沒抱怨，連絡時她也總是沉穩又溫柔，一開始我很驚訝，原來身邊另有男人的女人會這麼穩定。不過老實說，我覺得很輕鬆。

說不定除了我之外，她外面還有其他男人，畢竟她也出乎我意料地色。腦子裡盤旋著這些事。

「淺野先生，我去丟便當盒喔。」

還沒來得及向他道謝，山崎就走出車廂了。

轉過頭，窗外是一片田園風景。大概是受到隔壁情侶的刺激，我開始想念人的溫度，這次出差回來要記得買伴手禮，跟小瞳連絡。

低頭看著還沒生起火的鐵網，我拿著菜單心想，她難得會遲到。

「對不起，我遲到了。」

上氣不接下氣的小瞳站在桌邊。我笑著對她說，辛苦了，讓她先入座。

看著坐在對面的她，忍不住開口問。

「妳是不是睡眠不足？」

「啊？」小瞳有些吃驚，狐疑地反問一聲。

「沒事，應該是我多心了。」

「沒有啦，昨天真的比較晚睡。只是沒想到你會發現，嚇了一跳。」

小瞳的雙頰泛紅，好像真的不知所措。我連忙用玩笑話敷衍過去。

「妳這麼驚訝，好像我從來沒注意妳一樣。」

她從菜單上抬起頭，搖搖頭。沒有的事。

「我知道淺野先生就算不說出來，也都看在眼裡。」

意想不到的回答反而讓我不知該怎麼回答。

「是、是嗎。」

「嗯。啊，你喝啤酒嗎？我喝檸檬沙瓦好了。」

那我也喝一樣的。我搭她的便車一起點了飲料。兩人用杯緣沾著滿滿鹽巴的啤酒杯乾了杯。夏天早已結束，檸檬沙瓦對胃來說有點涼。

外面馬路上的路樹已經漸漸轉紅，這間像海邊小攤的店裡烤著蛤蠣和花枝，有點錯亂的季節感，但也挺有趣。蛤蠣開始噴出汁液，小瞳迅速拿起夾子。

「之前說的工作告一段落了嗎？」

她一邊替蛤蠣翻面一邊問，我告訴她，現在還在爭執到底誰該擁有決定權，不怎麼順利。

小瞳認真聽著。今晚做什麼好呢？我想著想著，漸漸醉了，覺得一股酣暢。

她說今天也可以待到早上，我們在浴室和床上親熱一陣、休息一陣，稍微聊聊天打打鬧鬧，又再次相擁。

等我們筋疲力盡要關燈時，已經快天亮了。

幸好明天是星期六，看到小瞳睡得跟我隔一些距離，我一把將她摟過來。

「妳怎麼這麼冷淡。」

我故意胡鬧假裝責備她，她笑了一下。

「怕你不好睡。」

說著，她有點顧忌地牽起我的手，我帶著奇妙的心情仰望天花板。

老實說，快到夏天時跟她們搭訕時，我沒想過能持續這麼久。在那種燈紅酒綠地方認識的女人，我說的話她們大概只會聽進一成。起初覺得她只是個平凡女人，不過小瞳這種人其實不多。

我這個人應該還算受歡迎，但也不曾有人要求跟我交往，或者逼問我是不是只想玩玩，大家都知道我沒有那麼認真。實際上看上我外表而接近的女孩經常對我說：「跟你見面時雖然開心，但總覺得少了點什麼。」

所以我想，她應該也只是想偶爾跟我見面，獲得一些刺激罷了。

清晨的鬧區蒙著一層白色霧靄，不怎麼清爽。我忍著呵欠，走路送小瞳到公車站。吸了一口空氣，覺得喉嚨深處一陣冰涼。

「下次見面應該會更冷，要不要約昨天說的那間燉腸鍋？」

我確認著她的意願，小瞳毫不猶豫地回答，好。

走向火車站的路上，終於打了個大呵欠，我猜小瞳現在應該也跟我一樣吧。

午餐時間，我跟新的專案成員一起到附近大樓的咖哩店。

拿起湯匙舀到一半，一個夥伴忽然說起。

「對了，聽說冴島先生得了癌症呢。」

男人們無不皺起眉頭、表情凝重。我輕嘆了一口氣，「不會吧。」

「我知道不應該這樣說啦，但是好像工作愈能幹的人愈容易病倒，說起來真的很無奈耶。」

我認真看著緊閉雙眼如此斷言的同事。

「淺野先生健康檢查時沒事嗎？」

山崎擔心地問，我覺得這傢伙還真是可愛，回答道。

「醫生提醒我肝臟指數稍微變高，但還在正常範圍內，沒什麼問題。」

「是嗎，那太好了。」

「淺野，你真的要認真考慮結婚的事了。身邊有個關心你身體的人真的很不一樣啦。」

這樣給我忠告的是三年前先有後婚的同期同事。我掛上管理職後我們幾乎很少聊工作上的事，反倒是對方經常跟我聊起家庭的話題。

「如果像小林你這樣有個會持家的老婆那當然另當別論啊。」

我很清楚，羨慕別人家庭幸福是我該扮演的角色，實際上我一點也不覺得嚮往。看到壓抑自己，聲稱家庭比工作重要的同年代人，我總覺得他們就像是抽完的菸蒂一樣。

「冴島先生也一直單身吧？他這個人每約必到，看來應該很勉強自己。」

同期同事輕聲這麼說。盤中咖哩大概吃到一半時，手機響了。

雖然有點不好的預感，也不能不接，我穿過擁擠的店內走出門外。濃濃濕氣頓時嗆入鼻中，一股寒意從我脖子滑進身體裡。

仰頭望去，這棟大樓正中央挑空，眼前正下著宛如瀑布般的大雨。氤氳景色中響起不能再熟悉的聲音。

「不好意思啊，工作中打給你。」

儘管聽起來一點不好意思的樣子都沒有，對方都這麼說，好像也不能不否認一下。

「不會、沒事。怎麼了嗎？」

他回道。

「那孩子昨天被救護車送到醫院去了。」

為什麼？我小聲地問。母親不以為然地說，大概是討厭面試吧。

「你下班之後，方不方便去一趟醫院？我今天要加班不能過去。接下來還要付住院費，真不知道該怎麼辦好。我看不如母女倆一起死了算了。」

一起死，這幾個字帶給我的與其說是不安，更多的是煩躁，但過了幾秒之後又跑出一股罪惡感。

「不要說這些啦。」

我安撫母親，她也淡淡地回，開玩笑的啦。

「我會去看看小藍的狀況。」

「那就拜託了，你好歹也是她哥。」

我是哥哥，但不是妳們兩個的監護人吧？我知道這句話就像把口香糖包裝紙扔進黑洞裡一樣，所以也沒說出口。

掛斷電話，疲憊感一口氣湧上。我背對著雨，打開店門。

其他人已經吃完飯在喝咖啡。剩下的咖哩我也沒了胃口，請店員撤掉盤子。

躺在床上的小藍肩膀上的繃帶看起來沒有太誇張，我稍微放下心。我給她看了我帶來的紙袋。

呆滯的小藍表情緊繃了起來，開始看起我的臉色。那張失去血色稚嫩出奇的臉看起來不像已經二十多歲。

父母親離婚時小藍希望跟著父親，但父親的情人拒絕了。

對方表示自己破壞了別人家庭，沒有信心能當好母親，這也沒辦法，我自己認為這個理由挺誠實的，不過，因為女兒的選擇而受了傷的母親跟不得不留下來的小藍之間，關係變得很糟。

總之，堅持離家的小藍最後進了大阪一間住宿制私立高中。父親大概也覺得有責任，幫忙出了所有註冊費和學費。

可能是因為來到不熟悉的地方生活，小藍上學一陣子之後，除了外出上課的時間幾乎都把自己關在宿舍房間裡。

她後來沒上大學，回東京之後繼續過著三天兩頭辭職的打工生活。

「我隨便看尺寸買的換洗衣物，還有漫畫。這樣夠嗎？」

我把紙袋放在床下。

小藍輕輕點了頭。快要熄燈的病房裡，只聽得到我的聲音。

「鎖骨斷了？」

「嗯。」

小藍低著頭回答。我實在難以想像，要怎麼鬧才會弄到自己鎖骨骨折。

「為什麼？要面試太緊張了？」

我笑著問她，想給她點鼓勵，小藍微微顫抖，哭了出來。不是！她語氣強烈地搖搖頭。

「我真的打算要去，也好好在做準備，我還說要去買套裝，但是媽卻說不需要那種東西、不肯給我錢，她還說我前一天才想到要買，根本沒把找工作放在眼裡，出了社會也不可能好好工作……她打開我房間壁櫥和衣櫃說，妳穿喪服不就行了，我說這才叫沒常識吧，她又開始生氣。然後我也氣了，你以前迷上重量訓練時用的鐵啞鈴，這時候剛好從弄翻的架子上掉下來。」

我想她說這些應該不是想怪罪我，但我隱約知道母親為什麼要打電話給我。

「這樣啊。」

「媽這幾年脾氣愈來愈差，我想搬出去住。」

「也對，要是有事就到我家來吧。」

小藍點點頭說知道了，我安撫了她後，說明後天有空會再來，出了走廊從醫院後門離開。

我繞過沒有人聲的公車站、走向計程車招呼站，心裡計算著夏天獎金還剩下多少。

回到家，把西裝掛上衣架，直接站在廚房裡吃完杯麵，簡單洗了臉就倒在床上。

月光下，小瞳坐在公車站的長凳上，在昏暗的燈光下拿著文庫本。

「妳看得懂？」

我從她身後出聲，她好像真的嚇了一跳，屏住一口氣怯生生地回頭。

「淺野先生，你嚇到我了。」

那對細長眼睛難為情地笑著。我鬆了一口氣，疲倦就像掀開了封蓋一樣，傾巢而出。

「淺野先生，今天要吃什麼？」

我無法好好思考，揉著眼睛回答，吃什麼好呢？胃空空的，但一點食慾都沒有。渾身血液好比沒能順暢循環、無處可去，只能堆積在下半身，徒有性慾不斷增強。

已經往前走的小瞳正在看路旁小店的櫥窗。

本來以為是服裝店，原來是兒童用品店。窗戶裝飾著葉脈纖細分明的紅黃葉片紙雕，做得非常精巧。

「好厲害了，真漂亮，像真的葉子一樣。」

聽到我這些感想，她別開視線顯得有點倉皇。

我想了十秒左右，正想到該不會是她有了孩子吧？

「其實那是客人委託我做的。」

聽到她這麼說我感到雙重驚嚇。

「啊？這是妳的工作啊？」

她害羞地輕輕點頭。我又回頭看了一次那間店。隔了一段距離後紅葉紙雕看起來更真實，我打心裡佩服。

「真厲害，好想看看妳其他的作品。」

聽我這麼一說她似乎想起了什麼，告訴我有人邀她舉辦個展。

「個展？」

「啊、不過不是我一個人啦，算是團體展之一。地點在京都的藝廊，所以我有點猶豫。平常只需要把作品交給中間介紹人就可以，那些佈展工作我也不太懂。」

「這方面我也不太了解，但如果可以同時看到很多那類作品，觀眾應該會很開心吧。」

是嗎。小瞳認真地點點頭。我好像第一次看到她真正的表情。可能聊著聊著心情放鬆，剩下的疲倦都一股腦跑出來了。

「淺野先生，你很累吧？不如今天先回去吧？」

小瞳擔心地停下腳步盯著我的臉，我有點猶豫，還是決定老實說出來。

「如果我說今天不吃飯想直接去飯店，妳會生氣嗎？」

小瞳有點驚訝，安靜了一會兒，但她馬上搖搖頭，溫柔地說，不會生氣。沒錯，我在心裡說著，我知道。我知道這個人不會生氣。

「但是可以先去便利商店買點喝的嗎？」

嗯，我附和著她走進便利商店。像大學生一樣買了速食炒麵、罐裝水果酒後進了飯店。

我們沒開燈一起進了浴室，先是克制地撫摸她豐滿的胸部和纖細大腿，然後馬上進入她的身體。她已經濕了。我們站著相擁，因為太溫暖，感覺我隨時會克制不住，所以進去一會兒我馬上出來，不斷重複這個過程。

「就一直到最後吧。」

取得她同意後，我坐在浴室椅子上，讓她坐在我身上。小瞳怯生生坐下來，她背後沒東西可抓，只有柔軟的胸和臀部。每當我來到最深處，耳邊就會聽到她嘶啞的聲音。我將她的頭抱在胸口，釋放所有。

睜開眼睛，發現我人在明亮的床上。

我立刻轉向沙發，看到披著睡袍的小瞳一手拿著杯子看著我。

「啊，你醒啦。應該很睏吧。」

看到她的笑臉我心想，她今晚也留下來了。

跟小瞳之間不是戀也不是愛。我有這份自覺，也隱約知道自己並不追求這些東西。我也很清楚，我心裡一點也不想翻動什麼、改變什麼。

但雖然如此，或許因為偶爾有這種瞬間，我才會一直想跟這個人見面吧。

枕邊的喇叭播放著有線頻道。我當成ＢＧＭ沒認真聽，小瞳突然衝到床邊。

「啊，是魚韻的歌。」

她在我身邊躺下這麼說。我不太清楚，無法回應她。不知道幾年沒聽流行音樂了。

「妳很熟嘛。」

我老實說出感想，她說因為待在家裡的時間很長。啊，對了，我忽然被拉回現實。她平常都準備著男人的晚餐，等他回來。

小瞳磨磨蹭蹭鑽進棉被，我從背後抱住、揉著她的胸。這個人的脖子很白。我聞了聞沐浴乳的味道。

枕邊傳來不斷重複的副歌歌詞，Goodbye 世界。

她翻了個身，輕拍著我的肩像在哄小孩睡，我愣了愣。額頭附近聽到她心臟的聲音。

「小瞳？」

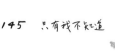

「就是想拍一下。」

兩人四目相對，微微笑了笑。

我不懂小瞳的心情。女人對外遇對象有多溫柔這很難統計。沒有憤怒、沒有哭泣，這種只求方便的關係背後究竟是什麼實在太不透明，有時我不禁會暫停思考。

「京都真不錯。上一次去應該是畢業旅行的時候了。」

我懷念地說起，小瞳笑著說，我也一樣。

「難得去一趟，真想吃點好吃的，再去逛逛有名的寺廟。」

「聽起來真不錯，悠悠閒閒的，一定很開心。」

我認真說著，那一瞬間我們又在奇妙的時間四目相對。可能腦中都在想同一件事吧。

「妳是平日去嗎？」

我保留一點還能逃開的距離，問道。小瞳好像沒察覺，點點頭說，我想應該是。

「因為我平日比較方便……淺野先生都是週末休假吧？」

不一定啊。我搖搖頭。

「其實我們公司很鼓勵確實請特休，平日偶爾也可以請假。」

她沒再多說什麼。

我看著典型賓館風格的仿大理石地板，腦中想像起晚秋的京都。舒舒服服在新幹線上喝啤酒、自在地各自行動，會合後一起觀光、吃飯，想上床時上床……我很驚訝自己竟然只說得出「一定很開心」這幾個字。即使盯著小瞳出乎我意料的長睫毛，也猜不出這句話到底有多危險。

她從來不抱怨她的男人，所以到現在我還覺得不太真實。

隔天早上坐在電車上收到小瞳寄來的郵件，上面寫著，如果真要去京都她會訂好飯店。

我回答她「那就麻煩了妳」，發完後我忽然想，她跟男友可能因為交往時間太久，進入類似倦怠期，就算她有滿腔溫柔也無處可發散，才會將那些溫柔用在我身上。這麼一想，我覺得自己好像從那個男人身上借用了很貴重的東西。

早上的品川車站有點陰。天很冷，我穿了厚外套、背著肩包在月台上等待。身穿牛角扣大衣的小瞳提著大紙袋和波士頓旅行包從樓梯走上來時，我莫名覺得有些突兀。

兩人面對面，她先開了口。

「早安。」

我也回了句早。

在新幹線裡並肩坐著，我這才發現自己在緊張。我將視線移往窗外，不知道該說什麼。

剛好這時推車來了。

「要買啤酒嗎？」

我半開玩笑地問，她馬上點頭，我發現小瞳好像也跟我一樣不知所措。

啤酒喝到一半，話也稍微多了點。

「妳這次做了什麼作品？」

被我這麼一問，她彎身在腳邊的大紙袋裡翻找。

她輕輕拿起一個像蛋糕盒的包裝。

「大概像這樣。」

她打開讓我看。我一探頭，不禁出聲讚嘆，「哇！」

襯著一棵大聖誕樹和飄雪的背景，有一群孩子在玩耍。這紙雕工藝實在太纖細，實在難以想像得花多少時間來製作。

「太厲害了，妳真的很有天份耶。」

「沒有啦。我男朋友覺得這只不過是打發時間的興趣。」

說到這裡，小瞳語塞沒再說下去。應該是太過謙虛才不小心說溜嘴，我隨意敷衍了過去。

「可是真的很厲害啊。好期待看展示出來的樣子。」

我給了個安全的回答，小瞳安心點點頭，又起了另一個話題。現在聽到她提起男友雖然不至於受打擊，但確實不是個理想的話題，我下意識地敷衍過去，彼此都鬆了口氣，但我也因此發現，兩個人長時間待在一起就得小心避開這些地雷。

到了京都車站後小瞳對我說明行程。

「今天下午四點以前有其他人的展示，結束之後我才能去佈展，還有一點時間。」

我們看著導覽書討論要去哪裡，我忽然想起以前畢業旅行時去過的近江神宮很不錯。

「我還想再去一次呢。」

小瞳聽了停頓半晌後問。

「我可以一起去嗎？」

當然。我點點頭。大概有點醉了，兩人的對話顯得稍微尷尬。

近江神宮前的車站沒有什麼人。車站站體屋頂後方是一片開始落葉的山群和天空。空氣很清新。

我有點興奮，牽著小瞳的手走在路上。

爬上近江神宮的樓梯，看到一座巨大鳥居。一陣風呼嘯而過，我們的手分開了一瞬間。

小瞳喃喃地說。

「剛剛起了一陣雞皮疙瘩，可能是神明經過吧。」

總覺得她不像說這種話的人，這讓我有點意外。可能吧。我附和著她，繼續走在參道上。

穿過朱色的氣派樓門，轉過頭，圍牆上掛著一排百人一首圖片的畫框。

「那叫什麼？很像俳句的那個？」

小瞳聽了笑起來。

「那是短歌。俳句是五七五，短歌是七七。」

「妳很懂這些嗎？」

我問。她點點頭，對啊。

「我以前看過一部電影，裡面有一幕是女主角把百人一首的牌交給情人，意思是今生不能在一起，期待來世一定要再聚。很悲傷、但很好看的電影。」

「妳也喜歡看電影嗎？」

「喜歡啊，也喜歡古典文學。」

小瞳回給我一個柔柔的笑臉。

「不過有那種熱情真好，我也想談一次那種戀愛。」

我沒多想，只是把腦中想的直接說出來罷了。

但小瞳瞪大了眼睛，像是非常吃驚，她宛如受了傷沉默下來。糟了，我內心暗叫不妙，馬上換了個話題，但是一直到我們回飯店之前，氣氛都還是很尷尬。

房間裡放著兩張單人床。我坐在其中一張床上，喚了小瞳。

她放下行李後走過來，我將她拉近身邊。

「對不起，我說錯話了。」

我向她道歉，她什麼也沒說，緊緊抱著我。

脫掉衣服，可能因為酒醒後比平時更敏感，一下子就出來了。小瞳的身體還是叫人那麼舒服。

小瞳把頭枕在我的手臂上，似乎終於對我敞開了心房。

「最近我妹妹住院，心情有點低落。」

我只是打算閒聊兩句，但她聽了驚訝抬起頭。

「不要緊嗎？而且，你有妹妹啊！」

她問。

我敷衍地點點頭，「對啊」，有點懶得繼續這個話題。

「不過已經沒事了，而且跟剛剛的事沒關係。」

我企圖打斷這個話題，她垂下眼，點頭簡單說了聲好。我感覺得出她其實還有話想說。

她穿好衣服外出，準備去佈展，剩下我一個人躺在床上閉著眼睛。

天空浮著一輪月亮。這裡的馬路比東京寬，月光顯得更美。

「月亮真漂亮。」

我牽起小瞳的手。到了晚上，終於習慣她在身邊的感覺。

進了路邊的烤雞串店喝了一輪，弄得渾身烏煙瘴氣，我們還是笑得很開心。臉頰紅通通的小瞳天真說著話，雖然不算我喜歡的類型，還是可愛得令人憐惜。

「跟淺野先生在一起真開心。」

小瞳拿起外圍淌著水滴的酒杯這麼說。謝謝，我也笑了。

她忽然開玩笑般地說。

「但你其實並不喜歡我吧。」

我不知該做何反應。事到如今小瞳突然說這種話也不太公平，我下意識地閉上嘴。

一段不自然的沉默之後，小瞳溫柔地補充。

「我只是想聽你好好說一次。」

「我覺得喜歡或者愛這種話，一說出口就顯得虛假。」

她似乎不同意我的回答，繼續反駁「可是」。

「既然這樣……其實也分不清楚到底是喜歡還是玩玩而已吧？」

「妳的意思是說，就算是可能是說謊，也想聽到『喜歡』這兩個字？」

我直覺地接球回擊，但小瞳眼裡卻明顯透露出強烈的情感。

她慢慢眨著眼。

「不。如果是這樣還是別說的好。」

她短短回了這句話。

半夜回到飯店，我們再次相擁，不斷纏綿到天快亮。彷彿兩人都覺得，現在能做的只剩下這件事了。

結束之後，小瞳在微微泛白的黑暗中盯著我的臉。

「淺野先生長得真好看。」

她小聲地這麼說。

看到她的表情我嚇了一跳。我之前竟然完全沒發現。

父親再婚時，我曾經跟他的再婚對象吃過一次飯。對方跟母親一點也不像，是個很文靜的女人。感覺有點難以親近，但是又很難將眼神移開她身上，有種奇妙的突兀。

小瞳跟我父親再婚對象的感覺很像。

當然，這些事我不可能說得出口，還在猶豫該怎麼回答時，她已經悄悄離開，進了浴室。

隔天我們逛了幾間京都的寺廟。小瞳又回到她平時的樣子，我們玩得還算開心，不知不覺就到了回程時間。

我在品川車站的剪票口看著她，乾脆地道別。

「那我先走了，再見。」

她笑了，也回答我一聲再見，慢慢遠去。

終於又恢復一個人，覺得有些放鬆，真希望明天早上快點到、快點去上班。

有好一陣子我沒跟小瞳連絡。

我深深覺得長時間在一起的門檻確實有點高，心想等過一陣子再找她到附近喝酒，日子就這樣在忙碌中度過，聖誕節和年底是接連不停的聯誼和聚餐，眼看著就是新的一年。

她完全沒跟我連絡，就在我開始有點擔心的一天下午。

桌上分機接到總機來電。

「有您的訪客。」

同時我也聽到了小瞳的名字。

我心中一急，馬上回答：「知道了，我這就過去。」

我在電梯裡想像著愁容滿面站在櫃檯前的小瞳，情況似乎不太妙，我跨出打開的電梯門。

看到櫃檯前愁容滿面身穿西裝的男人，瞬間覺得渾身的血液倒流。

事到如今也逃不了，只好調整呼吸上前對峙。直覺敏銳的總機小姐投以極為露骨的視線。

「讓您久等了，我是淺野。」

打過招呼後，眼前的男人直勾勾地看著我。

「我是小瞳的未婚夫，她平時受你照顧了。」

他這麼對我說，那股深沉的憤怒反而更刺激我的胃。我暗在心裡說，還寧願他表現得亢奮一點。

小瞳的未婚夫很年輕，長相剛毅。個子不算太高，但看上去就知道體格還不錯，跟我是完全不同的類型。他的凜然神情透露出正直的男子氣概。

我擅自想像對方是個年紀比較大、不太愛干涉女友的男人，所以現在看到眼前的人物有些意外。現在我才覺得奇怪，小瞳為什麼會看上我？

我們來到公司附近的老咖啡館，在後方包廂座位面對面坐著。

老店裡開了暖氣，但還是很冷，但是我內心很感謝他沒有在大庭廣眾下把事情鬧開。

咖啡端上了桌，但小瞳的未婚夫沒有碰。

「你們的郵件我都看了。」

是嗎。我低聲說。

「對了，您怎麼知道我公司的？」

「從郵件裡的資訊搜尋出你的全名和大致地點，然後發現剛剛那間公司裡有你的名字。」

「這樣啊。」我好像只能這麼說。

「我們就快結婚了，老實說，我不知道該怎麼辦才好。新家和婚禮都花了不少錢。不過小瞳說，她沒告訴你我們就快要結婚，你也不知道我的事。是真的嗎？」

我不置可否地點點頭。雖然是事實，卻與真相有那麼點不同。但我無法修正。

「但如果是這樣，你是帶著什麼樣的心情跟小瞳見面？你應該不認為在跟她交往吧？」

我只回答，我確實不覺得在跟她交往。

「那你跟小瞳只是玩玩而已？偶爾想見面時利用她而已？」

不。我忍不住要否定。

「我沒有明白問過她，只是隱約察覺到她身邊可能另有伴侶。」

是嗎。從小瞳未婚夫的聲音裡讀不出他的感情。接著他冷不防丟出一句話。

「我不會跟她分開。」

他篤定地說。有短短一瞬間，我事關不己地想，這個人真厲害。如果是我，能不能原諒跟其他男人上床那麼多次的她呢？這段期間內他只喝了一口咖啡。我發現他拿起杯子的手微微在顫抖，這才湧現一股罪惡感。

「請你發誓再也不會跟小瞳見面。我們快結婚了。假如以後還有這種事，我會聯絡你公司。」

好。我頭點到一半忽然暫停思考。再也不見面。不跟小瞳見面。我辦得到嗎？不，當然可以。我們既沒有交往，也沒有立誓相愛。見面之後馬上就去吃飯做愛，跟炮友沒什麼兩樣，如果要說這就叫玩玩，或許沒錯。不過。

「小瞳是怎麼說的？」

小瞳的未婚夫突然憤怒地瞪著我。

大概是因為我叫了她的名字吧，再回神時咖啡已經淋了我一頭。我的眼皮有種輕微燙傷的灼熱疼痛。

「……對不起。」

「道歉就可以獲得原諒嗎？這種事你覺得我要怎麼跟公司、跟父母親交代！你也是上班族難道不懂嗎？」

小瞳的未婚夫聲音近似哭嚎，渾身顫抖。

白髮店長衝過來，以出乎我意料的堅毅口氣勸告，這樣會打擾到其他客人。

小瞳的未婚夫在桌上放了張一萬圓鈔票。

「我話說完了。」

丟下這句話他離開咖啡館。

店長拿來大量擦手巾，放在失神茫然的我面前。

「請用。」

我道了謝，把又黑又濕的臉擦乾淨。你也是上班族難道不懂嗎？嘴裡喃喃念著這句台詞，終於有了一點現實感，比起小瞳的消失，我這才開始被囚禁在她曾經存在的事實中。

總機小姐果然傳出些風言風語，有好幾天我在公司待得很不自在，但是再隔一週，大家對待我的態度就好比什麼都沒發生過。

公司聚餐結束，半夜裡一個人回家。換好家居服拿著罐裝啤酒呆呆地看電視。轉了幾台，看到其中一個頻道在播九〇年代流行的動畫特集。我已經有點醉意，想起以前迷過《灌籃高手》，女主播說，女孩應該喜歡《美少女戰士》吧，我搔搔頭心想，對了，小瞳以前都看些什麼動畫？這念頭一出現忽然有點擔心。

我被潑了咖啡，那麼小瞳很有可能被打吧？

儘管猶豫，我還是拿起手機。當我發現自己已經醉到沒有辦法控制自己時，已經傳了訊息給小瞳。

本來以為可能收不到回音，但是幾分鐘後我接到從另一個完全不同的電腦郵件帳號傳回來的郵件。

「我沒事。有東西想給你，方便見一面嗎？」

我知道應該拒絕，但是我說服自己這是她開的口，答應了邀約。

明明什麼也不能做，卻還是想聽到那聲音再喊我一次淺野先生。就像永恆的暫停。像我爸以前從家人身邊逃走時一樣。

我們約好隔天傍晚在品川車站剪票口見面。

一想到還能再見，我就莫名地安心，把剩下的啤酒倒進流理台，鑽進被窩裡。

廣大的品川車站剪票口人實在太多，我沒能馬上找到小瞳。

當我低頭看著手機時，聽到那聲怯生生的「淺野先生」，抬起頭來。

意想不到的現身讓我一時語塞。

「不好意思，讓你久等了。」

別說沒看到被毆打的傷痕了，小瞳比平時見到的樣子時髦三倍。她外套下穿著剪裁特別的亮麗連身洋裝，頭髮也染成較淺的顏色，很適合她。長相明明跟以前一樣，表情卻迥然不同，像換了一個人似的。

我看到她拉著一個銀色行李箱。

「該不會是要回老家吧？」

我慎重地問。

她乾脆地搖搖頭，不是。

「我要去京都。介紹我藝廊的澤井小姐和藝廊老闆幫了很多忙。我打算暫時在那裡一邊打工、一邊創作。毀婚之後得還他錢，好一陣子應該會過得很拮据吧。我第一次要突然搬到完全陌生的土地，現在覺得很興奮。」

一切實在太突然，我一時無法理解。我試著回想那個潑我咖啡時快哭出來的男人長相，但馬上被眼前小瞳的印象給抹除，怎麼也想不起來。

「我想給你這個。不好意思，還特地讓你跑一趟。」

她遞出一個我沒看過的咖啡色信封，我反應遲鈍地接過。

「那我走了。真的很抱歉，把你捲入這種麻煩事。」

說到這裡小瞳向我低下頭。捲入這種麻煩事。我懂了，最後這句話表示在她心裡一切已經結束了。

我不知道該說些什麼，目送著小瞳被吸進剪票口的背影。走在人潮中的她個子出奇地高，但我再也無法知道她身高到底幾公分。

我打開信封。

「這是西裝乾洗費。個展時作品賣出去了，這些錢請你收下吧。」信封裡放著這張便箋跟十萬圓。我忽然很不舒服。

另外還有一張白色卡片，我拉出來看。是去京都的新幹線上看過的紙雕較小版本，貼在卡片上。時間還停在聖誕節。

我把卡片翻過來，心臟瞬間凍結。

回憶舊時光　深深眷戀難忘你　而今情已逝

讀懂意思後我也想起來，小瞳曾經告訴過我俳句的音節是五七五、短歌是七七。

直到幾分鐘之前，我大概都還深信，這個人不會消失。

我馬上拿出手機搜尋，前往京都的新幹線剛好發車。我暗自期待，她說不定會折回來，但她沒有傳來任何訊息。

我死心走往回家方向的月台時，手機響了。是母親打來的。

「現在方便接電話嗎？我想你星期六應該不用上班，就打打看。」

喔。我心不在焉地敷衍。

「每次麻煩你真是不好意思，這個月因為那孩子的事，手頭有點緊。」

看著我手上的咖啡色信封，我忽然想起來。

「手上剛好有十萬，我匯給妳。」

回答的那個瞬間，我終於領悟。

「那太好了，不好意思啊。」

「但妳能不能不要再為了錢的事打電話來？以後小藍的事我會直接問她本人。」

母親好像很驚訝，說不出話來。我還有點失神狀態，繼續往下說。

「我現在懂了。給錢不是因為有愛，而是因為不想再有牽扯。」

母親什麼也沒回答，一直在電話那頭保持著沉默。我從以前就很討厭母親這一點，但自己也對小瞳做了一樣的事。

訂了婚的是她，沒有老實說的也是她。我沒有對她傾訴過虛偽的愛，對她從來沒說過謊。

但儘管如此。

其實我已經發現小瞳有多愛我。

掛斷電話，我覺得長年以來胸中的包袱消失了，我從月台仰望傍晚的天空。覺得身體裡空空的，彷彿冷風一吹就會被吹跑。

坐在回程電車上，我盤算著下個月特休要去哪裡。以後不管是金錢或時間，我都只要花在自己身上。

總之，除了京都，去哪裡都好。

我伸手將紙雕卡片留在上方置物網架上，走下電車。

寒夜

潮濕的黑夜裡，白色店門打開。

合上雨滴簌簌的傘，我對那張揚起的臉說了聲歡迎。

「她」輕輕微笑，很有禮貌地點頭致意。

坐在吧檯後方座位的她慢慢喝著杯裡的啤酒，開始吃前菜的豆腐拌菜。

她秀氣地張嘴，但再次望去時小缽已經空了。

「今天要吃什麼？」

我問了之後，她柔聲回答。

「我要昆布漬比目魚和乾炸銀杏。」

她從咖啡色皮包裡拿出文庫本開始讀。沒有其他客人的店裡，只聽得到她翻動書頁的聲音。

今晚下雨，本來以為不會再有人來了，結果又聽到白色店門打開的聲音。

「你好，晚安。」

滿臉帶笑的女客進門來。我還沒來得及決定座位，她已經拉開眼前的椅子。

我遞出擦手巾，女客將長髮往上一撩。

「忙了好一陣子，一直很想來呢。」

她語氣親暱地這麼說。那張塗得豔紅的嘴唇我確實有印象，不過她平常身邊總是有男伴，很少一個人來。

是嗎。回答之後我突然看看她。

「不冷嗎？」

我問。她的位置暖氣比較弱。

她有些意外地看著我，想了想，然後搖搖頭。

「不會。今天這樣可以。」

紅唇女客一直對我說話，我也沒能做出什麼討喜的回應，對方沒吃多少東西就乾脆地結帳了。

「我下次再來喔。」

謝謝光臨。我低下頭，紅唇女客已經出了門外。

店裡沒人後，我對她說。

「今天很冷吧，身體還好嗎？」

她輕輕闔上書回答：「我不太怕冷。」又加點了一杯啤酒。身上那件白色編織毛衣看起來確實不太厚。

「工作還順利嗎？」

「嗯。不過……」

「不過？」

我從啤酒機將酒倒進杯中隨口問著。

「學生之間打架，有點麻煩。」

「男的？」

「啊？」

這次輪到她反問我。

「打架的是男學生吧？有受傷嗎？」

「喔，對。雙方個子都不算高大。幸好兩個人都只是輕微擦傷。」

其實我想知道的是她有沒有受傷，但是再繼續追問下去好像太囉唆，遂打消了念頭。

一年左右前開始，不知名的「她」每個月會一個人到店裡來一、兩次。而且只有在下雨天的夜裡，因為公車太擠想要錯開回家時間時才來。

「現在看的是英文書嗎？上課用的？」

「不是。是學生推薦我看的《三國志》漫畫。」

「喔？」

我有點意外。

「有個學生特別喜歡歷史，他告訴我這本很有意思。」

「我以前也讀過，不過細節已經記不得了。」

「這樣啊。那你最喜歡哪個人物？」

我說我很崇拜曹操，她頻頻點頭，很認真地聽著。

「我腦子不靈光，看到那種有野心又有男子氣概，但是又很冷靜的人，就覺得很佩服。」

「而且曹操用人唯才。」

對對對，我笑著同意。她話不多，但很擅長聆聽。

大約一個小時左右，雨停了。

「多謝招待。」

除了啤酒她還喝了熱水兌燒酒，但道別的聲音聽起來一點醉意也沒有。

她回去之後我從吧檯裡走出來收拾碗盤。

公休這天下午，我在店裡二樓醒來，曲著膝的腳麻了。

起床後身上的棉被捲成一團，褲腳下外露小腿上浮出的青筋象徵著已不再年輕的年紀。

打掃完店裡要到附近澡堂去時，已經將近傍晚。

澡堂回程，我來到好久沒去的某間酒吧，推開沉重的大門，還不見客人的店裡只有友永一個人正在擦杯子。

「喔，剛去澡堂嗎？」

友永臉上露出親切的笑。

「你怎麼知道？」

我反問。

「你臉紅通通的，但是看起來沒有喝醉。」

友永猜得很對。他一笑眼睛就會變小，我覺得跟她有點像。

「猜對了。那，我要啤酒、烤蘑菇跟披薩。」

「好。」

友永笑著瀟灑接了單，握著啤酒機的把手。

經營酒吧的友永跟我以前是同一間餐廳的同事，我在廚房、友永是侍酒師。我們在同一個時期獨立創業，現在也偶爾會一起喝酒。

「最近怎麼樣？」

友永苦笑著回答我，天氣變冷了啊。

「天氣太冷客人就會變少。其實秋冬時期的啤酒最好喝了。」

「是啊，女人又特別怕冷。」

「嗯。我們店裡很多單身女客人，得多花點心思。」

聽他這麼說，我腦中瞬間浮現起她的臉。

「你都在什麼地方花心思？」

我試著問。

「嗯，比方說，雖然單身女客多也會吸引男客上門，但如果起了糾紛可能兩頭落空，所以我會適度讓他們保持距離。還有，如果對方出言試探，要懂得巧妙地迴避，大概就這些吧。」

我聽了他的回答也忍不住說。

「你一直都很有異性緣呢。」

友永長得帥，外表比實際年齡年輕很多，跟老是板著張臉不討人喜歡的我剛好成對比。

「像黑田你那種店有點緊張氣氛很重要啊。再說，你們店裡應該也有不少麻煩的女客人吧？」

確實，儘管我總是冷面相待，還是會有太愛裝熟的女客人。這種客人總是擅自期待，等到明白我沒把她們當成那種對象後，就不會再來了。

本來只打算喝杯啤酒，但同業甘苦談愈聊愈起勁，不知不覺就喝醉了。

八點多，店裡多了不少常客，我結完帳離開。走在街上吐出陣陣白煙，天真的變冷了。

我本來就是個愛幻想、空有理想的人，偶爾有好緣分，也總是因為我的笨拙，見面幾次後就被其他懂得體貼的男人搶走。

身邊愈來愈多單身男性朋友，雖然有想結婚的念頭，但一回神，都已經坐三望四了。

想想，這就是自己目前為止人生的總結，今後應該也會繼續過著這種人生吧。

所以說，看到「她」來我雖然不能說不開心，但確實沒有任何期待。

每當聽到她悅耳的說話方式，我就覺得這個人更適合跟一個成熟穩重、有書卷氣的纖瘦男人在一起。

但那天晚上，我卻做了夢。

她趴在吧檯上睡著了，我叫了她好幾次。

她抬起頭，帶著奇妙的笑。我被那笑臉打動，不自覺吻了她。

宛如嘴裡含著沾濕的食用菊那種不著邊際的感觸，幾乎不像是在做夢，接著我睡意全消，仰望著漆黑的天花板。

我一直反芻著夢裡的記憶到傍晚、一邊備料，忽然發現有忘了訂的蔬菜。

我到附近超市，拎著菜籃站在蔬菜賣場前。

「啊，你好。」

聽到一聲帶點猶疑的招呼，我嚇了一跳。

「妳好，下班買菜嗎？」

「對啊，晚餐用的。」

她手裡也一樣提著菜籃，裡面放著蛤蜊、高麗菜還有雞肉。

「妳自己也做菜啊。」

我小聲地說，她害羞地答道。

「是啊。但是跟專家說這些真是難為情。之前在店裡吃的生麩炊蔬菜真的很好吃。」

沒錯，她吃起東西來總是津津有味。從來不像其他醉客光顧著喝酒，剩下一大堆菜。

我再次覺得，從這些小地方也可以看出她的好，忽然間，夢裡的光景掠過腦中，明明不該說的。

「其實我昨天夢到妳了。」

我竟然說出口了。

她果然愣了一愣，安靜下來。糟了，我怎麼說這些讓人不舒服的話，內心滿是懊悔。

「……其實，我也是。」

她坦白地這麼說，我嚇了一跳，直盯著她的臉。

「什麼樣的夢？」

「好像聽見你在叫我，但後來就不太記得了。」

也就是說，其實還有「後來」。我夢裡那麼妖冶的感觸，真的只是夢嗎？或者——。說不定是我靈魂出竅了。我目送著她點頭致意後離開的背影，回想起上星期在店裡，我只對她一個人說過話。

在一旁聽著我們說話的兩個女客人結帳時半開玩笑地說，這待遇也差太多了吧？當時我內心一涼。

我輕描淡寫地回答：「那是因為妳們兩位聊得很開心。」但我自己也察覺到了。假如是男客人應該不會注意到這種事，女客人可就不會放過了。

太陽西斜，我提著超市塑膠袋走在街上，在小巷一座小神社前忽然停下腳步。

穿過簡陋的紅色鳥居，丟了五圓後合掌祈禱。但是都這個年紀了，似乎已經不適合強烈祈求些什麼。

友永到我店裡來時「她」跟平時一樣，安靜地自己喝著酒。

這個時間照理來說友永的店應該在營業。

「怎麼了嗎？」

我問他，友永苦笑著說。

「製冰機故障了，酒吧沒有製冰機怎麼工作？今天晚上不開門了。」

他一邊說明一邊坐下。她罕見地抬起頭看著友永。

他露出親切而不討人厭的笑臉，小聲打了招呼，妳好。

我不禁打斷他們。

「這位友永先生是我以前工作店裡的同事。」

聽到我這麼說她有些意外，眨了眨眼，輕聲說道。

「那你們應該認識很久了吧。」

我不知道這句話是在問我還是友永，但應該是對友永說的吧。

這是個奇妙的夜晚，我們彼此之間存在著不同的親暱，也都保持著一定的禮儀。

喝醉的友永大方地說。

「待會兩位要不要到我店裡來？我特別為你們開店。」

她臉頰有點紅，看來並不討厭這個提議。

「好像不錯，挺有趣的。」

她似乎準備答應這個邀約。

變成這種局面我反倒不知道該怎麼辦。

她站起身。

「如果要去我得打電話回家給我媽。她前天開始出現感冒徵兆，我有點擔心。」

她掏出手機。

我的視線不自覺地跟著打開白色店門走入暗夜馬路的她。總覺得她好像會就此離開。

回過神來，我將視線拉回友永身上。

「剛剛那個客人。」

他先起了頭，我搶先一步說。

「你喜歡？」

我故作輕鬆地問，友永笑著，搖搖頭否認。

「黑田，你喜歡她吧？」

他語氣這麼篤定，我暗自一驚。

「她叫什麼名字？」

我搖搖頭說不知道。

「啊？不是常客嗎？」

「常客也一樣。我沒問過。」

友永無奈地嘆了口氣。

「別管這個了。你為什麼會這麼想？」

友永毫不猶豫地回答。

「我想除了你自己以外，應該大家都看得出來。」

回過神來時，「她」已經在友永店裡橙橘色燈光下跟平時一樣溫柔笑著。

剛剛被友永說中，內心暗自倉皇的我酒喝得很猛。

我就像隻追著自己尾巴跑了一百圈的貓，眼前一片天旋地轉，混濁的視野裡能清楚看見的只有她的白襯衫。包裹在襯衫下的嬌小肩膀。我正想趁著醉意碰觸那肩膀，這時她忽然看著我。

她的視線彷彿看穿了我的心，頓時醉意全消，覺得自己剛剛的想法真是卑鄙，忍不住開口道歉。

「對不起。我把妳當成女人看。」

她沒說話，看起來很驚訝，我立刻懊悔不堪，為什麼又說了不該說的話。

「我確實對這種視線很敏感。不過，還是第一次有人因為這樣而道歉。」

不知為什麼，她伸出手來輕輕握住我的右手。她的掌心不熱也不冷，我完全讀不出她的心情，覺得自己好像成了她平常教的國中小鬼。

直到點下一杯酒之前，我們都沒放開彼此的手。

友永差不多要打烊了，我送她到泛著藍白色燈光的車站前。

她坐進計程車時，我鼓起勇氣，上半身微微卡在半開的車門當中。

「下次要一起吃個飯嗎？」

她溫柔地回應了我的邀約。

「這不行。」

只有這短短幾個字。

聽到意外的拒絕我還在發愣，計程車已經駛向逐漸泛白的天空下另一個方向。

在那之後，「她」沒再來店裡。

有兩個雨夜，我一直等到接近打烊時間，都沒能看到那纖細的手打開店門。

傍晚前，我在沒有客人的店裡準備開店，電視上播著新聞，我聽到今晚深夜過後雨可能會變成雪的預報。

要是積雪，店外的通道得剷雪可就麻煩了，腦中同時複習著今天預約的客人跟套餐內容。

開店之後先來了男女兩位客人，他們吃完套餐時開始下起雨。

「糟了，趁雨下大之前回去吧。」

兩人互相附和著，才剛離開門又開了，一個頭髮稍微淋濕的人奔進店裡。

啊！我嚥下心裡的驚嘆。

「歡迎光臨。」

好不容易擠出這句話，正拿著手帕擦拭淋濕頭髮的她也對我低頭致意。接著她說，下雨了。

「啊？」

「我正要回家，結果突然下起雨。傘也賣完了。」

我還是想不出這時候該說什麼比較得體，只簡單地回了一句，這樣啊。

但是兩人獨處總不能一直沉默，我只好先開口。

「今天比平時晚呢。」

她輕輕點頭。

「學校開始放假了。」

話還沒說完，又有人風風火火闖了進來，顯然是男人，白色店門應聲打開。

「你好。一個人，方便嗎？」

穿著羽絨外套的高大男人進了店裡。看來好像已經醉了，本來想拒絕，但對方已經一屁股坐在椅子上，我只好遞上水杯。

「請問要點什麼？」

她低下頭，似乎被這高大男人的舉動給嚇到。

「我看看。日本酒吧。不要熱、給我冷的。」

說完之後這個大漢好像在打量什麼般直盯著她。看來應該是那種喜歡搭訕女客的人，我正想上前阻止。

「喂，妳是繪未吧？是我啊，妳爸的朋友田部啊。」

聽到那大漢這麼說我也很驚訝。

「是認識的人？」

當我這麼問時發現她的臉慘白得嚇人，她發出我從沒聽過的尖銳聲音果斷否定。

「你認錯人了。」

不過那個大漢並沒有放棄。

「不，不會錯。妳忘了嗎？我住在妳家的時候晚上還會念書給妳聽呢。」

她的表情無助到令人不忍，依然重複說著。

「你認錯人了。」

我馬上把剛剛寫下的那張點菜單撕破。他們兩人看著我，我對那名大漢說。

「您請回吧。」

大漢頓了一拍，好像很驚訝。

「等等，你什麼意思？為什麼趕我走？」

我沒理他的抗議。

「我們店裡禁止跟其他客人搭訕。請回吧。」

「我不是說了嗎，我們本來就認識。你開餐廳的可以用這種理由在下雨天趕走客人嗎？這是什麼破店啊。我走可以，小心我去臉書還有美食網站上寫給大家看。」

真是寒酸的反擊，我一股血衝腦門。

「無所謂，您請回吧。這是我的店。」

聽到我這樣主張，大漢粗喘著氣嘴裡不斷抱怨，還是粗暴打開門離開了。

我裝了一杯冷水放在她面前。

她沒喝，離開座位起身。

「真的很抱歉，我回去了。」

我看到她膝蓋抖個不停，立刻從吧檯裡走出來，扶著她手臂。

「妳都站不住了。」

不要緊。連這句沒說完的話聲都顯得嘶啞，她大概也發現實在沒什麼說服力，沒再往下說。

我靈機一動，提了個建議。

「如果妳不介意，店裡二樓有個小倉庫。要不要先在那裡休息一下？我得等到打烊才能送妳。」

我扶著她的背，感覺她心情還不太穩定，兩個人小心踩著階梯上樓。

躺在薄棉被裡的她還有些發抖，我連忙點起暖爐。

「我就在樓下，覺得不舒服請隨時叫我。」

我留下這句話就回到樓下。

打烊時間一到，我收拾著流理台，一邊仰望天花板。

她就躺在那裡。

這股真實感讓我一陣倉皇，我們牽手和她拒絕邀約這些事全部攪在一起，差點要滿溢出來，我趕在這些念頭還沒有溢出前迅速嚥下。

拿著寶特瓶裝水，再次上樓。

打開薄薄隔門，看到她裹在襪子裡的腳，心臟跳了一拍。我來到她身邊輕輕叫了一聲。

她慢慢睜開薄薄的眼瞼和嘴唇，這茫然的表情跟友永一點也不像。這時我懂了。我只是想要一個憶起這個人的理由而已。

「沒事吧？站得起來我就送妳回去。」

她搖搖頭說，可以自己回去。眼睛紅腫，剛剛哭過了嗎？

我扶著她的背幫她站起來，兩個人的臉靠得很近。她沒有避開，我覺得有點不解，但畢竟我已經被斷然拒絕過一次了。不能趁人之危——

「黑田先生。」

她突然叫我。

「妳知道我的名字？」

我驚訝地反問。

「知道。我經常聽到其他客人這樣叫你。黑田先生從來沒問過我的名字呢。」

她小聲地說，我含糊地應了幾聲後，點點頭。

「是啊。總覺得問了名字，會擅自出現不該有的期待。我很怕自己誤會跟妳變得更親近，所以決定不問妳的名字。不過剛剛知道了，妳叫繪未是吧。」

她往後一倒，似乎再也難以承受，我反射性地接住她，她的身體意外地柔軟，本來以為她體格很纖瘦，這讓我有點意外，接著我隨即聽到她說。

「我小時候，剛剛那個人對我做過奇怪的事。」

她吐出的這些話諷刺地讓我恍然大悟，我緊抱著繪未。

繪未的下巴枕在我左肩，她臉頰流下來的淚沾濕了我的襯衫。一陣東西打在小窗上的聲音。就像是大量碎片降落在黑夜中。不是雪、是霙。我很想佔有繪未，但是不行，我只能一直緊緊擁著她。在這個冷如冰雪的寒夜裡。

凌晨醒來，繪未正安靜地打算下樓。

我立刻翻身要起來，她毅然阻止了我。

「我要回去了，不能再給你添麻煩。拜託，你好好休息吧。」

我覺得可能再也見不到她，第一次叫了她的名字，繪未。

「剛剛那些事，我知道了心情也不會改變。」

繪未安靜沒說話。

「我還是一樣喜歡妳。」

繪未快速眨了幾下眼，說了聲，我很高興，但她沒有再多說什麼，就這樣下了樓。

獨自坐在沒有她的二樓，我知道幸福的時間真的結束了。

聖誕節過去，今年的營業日剩下沒幾天，早上老家的父親打電話來。

他說年底想來上野購物，要我陪他一起。

我摸著冷到骨髓的腰和手臂，到了明年，一定會把一切都忘掉，像是什麼都沒發生過一樣。

我吐出白色的氣息，跟父親一起走在白晝熱鬧的阿美橫丁。攤攤相連的店家門前擺了成堆的鮪魚、帝王蟹、乾物。來購物的男女老少，正開心站著吃喝的中國觀光客，形形色色人群的活力吹散了年底的惆悵。

身穿黑色運動服的父親買了鮭魚子、鯡魚卵、甜蝦，我把東西整理成一袋接過來。

「小哥真孝順啊。好兒子。」

店主這麼對我說。父親大聲地笑了。

「老闆，這傢伙已經不能叫小哥了。雖然是我兒子，也已經是個大叔了。而且還是個娶不到老婆的大叔，真傷腦筋。」

爸跟老闆開著玩笑，然後從皮夾裡一一掏出千圓鈔票跟零錢。

「兩千、再九百。不用五百硬幣，都給你一百圓硬幣。老闆請攤開手心接過。來，一、二、三、四。」

「啊，這位客人。您沒有假裝問時間，趁機抽掉一張鈔票吧？」
「唉呀！竟然被你看穿了？」
看他們輕快地互開玩笑，我深深體認到自己跟開朗的父親真是一點都不像。
再次走上擁擠的阿美橫丁時，我問父親。
「剛剛你們在說什麼？什麼少張鈔票？」
父親露出不可思議的臉，很意外我為什麼不知道。
「是落語啊，叫《時蕎麥》。客人付蕎麥麵錢時，拿出零錢一個一個數到十六文錢，結果途中故意耍賴跳過一枚，其實就是小小的詐欺啦。」
接著他心血來潮地對我說。
「我看你這個人也不太會說話，最好多聽聽落語。說不定講話會有意思一點。」
落語？我苦笑著暗自心想，那開年後趁備料準備的期間多少聽聽吧。
如果我口才再好一點，說不定能對受了傷的人說些有幫助的話，一股說是留戀也稍嫌清淺淡白的情緒遲遲難以消解，一直冷冷盤據在心中。

結束今年最後一次營業，來到門外。

白色店門掛上綁得扎實的注連繩，再貼上新年從四號開始營業的紙張。

仰頭望去，冬天清澄的夜空裡閃著無數星光。

正想回到店裡，發現不遠處有個熟悉的身影站著，嚇了一跳。

我馬上跑過去。

朝著那裹著深藍外套的肩膀。

「繪未，這個時間妳怎麼會在這裡？」

我吐著白煙問道，她抬起稍微變白的臉，大概是太冷了。

「我想店裡應該差不多要打烊了，方便的話要不要去喝一杯？」

她緊張地說。

我有點驚訝。

「可以是可以，但是、跟我，妳可以嗎？」

我忍不住反問，繪未快速點點頭。

「我一直都在看著你。」

我愣在當場，而她繼續往下說。

「我一直隔著吧檯看著你。黑田先生工作的樣子，還有你的體貼。我覺得冷，你會馬上發現，發現有醉客，就不經意地將我們座位分開。我覺得你是個有點笨拙，但是認真又溫柔的人。」

我心口一緊。

「……去友永的店好嗎？」

她點點頭說好。

「妳喜歡那間店？」

都這種時候了，我還問這種不中用的問題，她露出不解的表情，然後似乎忽然了解我為什麼這麼問。

「因為他是黑田先生的朋友，我才想去友永先生的店。」

接著她有些猶豫地握著我的手對我坦承。

「我一直很怕男人的手。不過那天晚上黑田先生的手很溫柔。還有你抱著我的時候也是。這是一雙細心做菜的手。我喜歡黑田先生的手。」

我鎖好店門，握著她冰冷的手，兩個人一起走在只有零星店家燈光還亮著的街道上。

繪未忽然想起，用老師般的口吻問。

「黑田先生，請問你明年有什麼抱負？」

我想了想。

「我希望學會說落語。」

聽到我的回答她偏了偏頭。我又補了一句，因為我不太會說話，繪未突然覺得有趣，露出微笑。

「那如果學會，下次記得說給我聽。」

我把手放在酒吧沉重的大門上，心想，今天晚上不如就在友永店裡玩數零錢的遊戲吧。

你情人的名字

我從以前就很喜歡去獨居的哥哥他家玩。

早上剛起來不知道自己身在何處的那一瞬間，好像投胎轉世了一樣。

不過從鋪在地上的睡墊起身、看見煞風景的素面壁紙後，馬上就被拉回現實。

我起床，慢吞吞走向廁所。

就一個男人來說，這間一體成型的浴室打掃得非常乾淨，近乎神經質，裡面的電燈泡閃閃爍爍就快壞了。

我在廚房裡自己拿出小鍋來熱牛奶。牛奶裡溶入少量即溶咖啡，拿著這個綠色杯子坐在電視前。

「早。」

身後忽然傳來聲音，我下意識縮了縮肩膀。

「你去哪裡了？」

他將便利商店袋子丟在矮桌上。

「買早餐啊。我平常不吃的。」

「……謝啦，哥。」

我慎重地道謝。哥哥都這個年紀，還像年輕人一樣穿褪色牛仔褲，他坐在地毯上伸出雙腳。星期六早晨，那張看來年輕過頭的側臉顯得有些疲累。

八卦節目還是淨播一些外遇事件。我咬著抹了厚厚奶油的雞蛋三明治，事不關己地看電視。這類節目之所以存在，大概是為了讓大家知道還有人比自己活得更困窘，好覺得安心吧。為了給都這個年紀還沒找到正職只能靠打工維生，而且連打工都持續不久的我這種人看。

「吃飽了。」

我留下一塊雞蛋三明治，哥把那塊三明治叼在嘴裡，伸手進身邊的櫥櫃。

我一時間沒能理解他遞給我那個咖啡色信封的意思。

「這什麼？」

我抱著膝蓋問。

「打開看看。」

我怯怯地接了過來，打開看看。

「錢。」

「看也知道是錢啊。」

哥終於笑了。

「是媽還我的十萬，給妳吧小藍。」

聽他這麼說，我想起前一陣子媽生氣大鬧的事，她說哥突然要跟她斷絕關係，還給了她一筆錢當作贍養費。

「為什麼要給我？什麼意思啊。為什麼會變成這樣。」

哥微微笑著，搔著眼角。

「唉，說來話長啦。」

他只簡單回了這句話。

我覺得莫名其妙，也沒理由收，就把那個咖啡色信封退回給他。我從小就搞不懂哥哥腦子裡在想什麼。

但是哥罕見地堅持，再次把咖啡色信封推到我面前。

「看妳有沒有想去的地方，去玩一下啊。」

我又更迷糊了，躲回睡墊上窩進被子裡。

「沒有想去的地方嗎？出國也好啊。」

哥開玩笑問我。我從毯子裡探出一顆頭，呆呆想了一會兒。

「澳門。」

我小聲說出這個地名。

哥驚訝地反問我。

「去幹嘛？想豪賭一場嗎？」

「沒有啊，剛好想到而已。」

我緊張地隨便找個藉口搪塞，但是哥繼續追問。

「為什麼想到澳門？」

我心裡有點失望，原來哥不記得了。

「沒啦。秘密。」

草草地敷衍他。

好一陣子我們倆都沒開口。

把臉埋在枕頭裡，一股混雜著罪惡感和逃避現實的睡意襲來。我已經很習慣鎖骨上的鋼板，幾乎要忘了它的存在。好不容易有機會找到正職，卻因為媽單方面怪罪我，讓我衝動胡鬧了一場，搞到鎖骨都斷了，不過現在也快復原了。

可是當時那樣胡鬧，說真的不是因為媽，或許是我沒有勇氣去面試吧。

雖然閉上眼睛，但身體還很僵硬，哥搖了搖我的肩膀。

我微微睜開眼，哥移開他細長的手指。

「後天我請了半天假，一起去辦護照吧。」

星期一上午，都廳的護照課卻擁擠得驚人。

終於完成申請走出自動門，我忽然想到。

「哥，你有護照嗎？」

哥理所當然地搖搖頭。

「沒有啊。」

「啊，那你剛剛為什麼不辦？」

「我又不去。」

我半是恐慌地問他為什麼，呼吸一紊亂我就會出現過度換氣症狀。我撫著自己胸口，哥哥也用力摸著我的背。

「俗話不是說，愈寵孩子就愈該讓他出去旅行嗎？在公司裡我也都讓最信任的部下一個人獨挑大梁啊。」

「我才不要聽這些大道理。你覺得我有辦法一個人搭飛機、一個人出國、一個人吃飯嗎？」

哥哥訝異地笑了，他回我，為什麼沒辦法。

「我又不會說英文，連日文都很少跟其他人說。」

「那就學學英文吧，到妳去旅行之前我會陪妳。」

「不行啦。哥，你有時候真的很少根筋，說話顛三倒四的毛病還是改不掉。」

明明在揶揄他，但是哥卻像個被稱讚的少年般難為情了起來。我只覺得渾身無力，束手無策地站在地下道中間。

繪未來到哥哥家，她把白襯衫袖子往上捲了兩、三折，從皮包裡拿出英文會話教材。

長長的頭髮撂到耳後，露出她清秀的側臉。左耳垂上戴著極小顆的珍珠耳環。

我對著她側臉說。

「謝謝喔，下班應該已經很累了吧？而且我又沒什麼錢，只能在我哥家上課，對不起啊。」

繪未笑著說，時間上剛剛好，要我別在意，我聽得一頭霧水。她的襯衫鈕扣牢牢扣到最上面那顆，看不見她的鎖骨，不過更顯出脖子的白皙。

「剛剛好？」

我不解地問，繪未只是喝了口麥茶。

「開始吧。」

她翻開教材第一頁，用力用右手壓了壓。

繪未是我在老家念國中時的朋友。我上高中時搬到大阪，之後只有跟她會互通郵件聯絡。

我本來就很嚮往關西腔的俐落痛快，一開始還試著想學，但我終究學不會那種超快節奏和冷箭吐槽，這種時候只要收到繪未寄來的溫柔話語就會覺得好安心。

我念的高中也有通過考試進來的人，但一起住在宿舍的多半都是體育科目推薦入學的人。沒有特殊理由從關東來的我，一開始就被當作異類看待。

現在想想，剛認識時我不經意地問大家：「所以滋賀在哪裡？」或許是個不太好的開始。

我說老家在東京鐵塔附近，氣氛頓時變得有點怪。

「好厲害喔，是都市人耶。」

不知道是誰說了這句話，聽了之後我才懂，原來這樣會被分類。

忘記是什麼時候了，曾經有人對我說，「小藍一定很看不起這種小城市吧。」我愈是小心不要讓人家這麼覺得，就愈顯得彆扭。好難受。學校愈開心，回到宿舍的時間就愈難受，漸漸地，我甚至沒辦法在食堂好好吃飯。

回東京後，時有時無地過著打工生活，而這段時間繪未已經成了國中老師。

不過我們依然沒有斷了聯絡，她有時會帶著蛋糕和畢業旅行的伴手禮到我家。

能夠跟如此完美適應社會的她成為交心的朋友，可能都要歸功於國中時那件事。

「這本教材都用 Can you，但是盡量用 Could you 比較有禮貌。」

說明之後繪未停下動作。

「我跟妳說『剛剛好』，是因為如果先繞到其他地方再回家，剛好可以趕上我常去那間店的打烊時間。」

我好奇重複了一次「常去的店？」

她羞澀地低下頭，我瞪大眼睛。

「怎麼，該不會店裡有妳喜歡的人吧？」

我驚訝地問，她輕輕點頭承認。

「可是繪末妳……」

我話說到一半，她又輕輕點了頭，「嗯。」

我們國一時在校園裡練習跳土風舞。像大海一樣耀眼的藍天非常刺眼，風一吹，嫩綠的葉子就沙沙作響，光線亂射出一眼燦爛。

跟男孩子面對面牽起手時，排在我身邊的繪末應聲倒地。

當時我跟她還不算太熟，只是覺得這個人還不錯，記得她的名字。我陪她進了保健室。

躺在床上時繪末的手微微顫抖。她空洞的眼睛盯著天花板，坦白告訴我。

「我討厭男人。光是被碰到就會不舒服。」

家有哥哥的我雖然不懂那種感覺，還是點點頭，「這樣啊。」試圖理解她的煩惱，因為當時的繪未好像就快崩潰。

從那之後，繪未再也沒有提過男孩子的話題。她總是笑著聽我說著自己一頭熱的單戀，像在眺望遙遠國度一樣。

現在我也偶爾會想起校園的刺眼陽光和煙塵，還有繪未顫抖的手。

所以我一時之間還無法相信。

「妳是不是看到那家店的店員，覺得對方人還不錯？」

我很小心地問。

「我們在交往。」

這個答案實在讓我大為震驚，我又問了一次。

「對方是什麼樣的人？」

「他一個人打理一間日本料理小餐館，年紀比我大很多。」

「跟我哥差不多大？」

「不，還要更大一點，感覺有點笨拙。乍看之下很大男人，可能會把人嚇跑。」

好難想像。聽我這麼說繪未終於笑了。

假如是像哥那樣帶點中性氣質，我倒可以理解繪未可能不會那麼害怕。

繪未安靜了下來，好像在想什麼。

「我沒有其他意思喔，不過我從以前就覺得，小藍的哥哥很有男人味。」

「妳說我那個像精靈一樣的哥哥？」

我反問她，繪未點點頭，然後像是忽然想到了什麼。

「可能因為我一直感覺他身邊有女人吧。」

英文會話課結束，繪未正要回家時，哥下班到家了。

哥一邊脫鞋一邊露出驚訝的表情，繪未在玄關跟他點頭致意。

「好久不見了。不好意思，來打擾了。」

哪裡，我妹妹才承蒙妳照顧了。哥也客套地回了一句，讓到走廊一邊。

繪未笑著揮揮手，消失在門另一端的黑夜裡。她接下來要去見那個大她很多歲的情人。

一這麼想像，繪未淡淡的輪廓忽然變得鮮明。

我從冰箱拿出啤酒，替哥哥準備了玻璃杯。

「人的輪廓，都是其他人畫出來的呢。」

聽到我這麼說，換上T恤和短褲的哥哥一邊坐下。

「怎麼突然說這麼有文學味道的話？」

他一臉嚴肅地開我玩笑。

「繪未說她交了男朋友。」

「真的假的？搶先妳一步耶。」

「不要說那麼老派的話好嗎，你自己還不是沒有伴。不過我真的很吃驚。大學時代繪未去美國短期留學時，對那些金髮碧眼的男生也沒有動過心，大家都叫她冰山女孩。我一直以為繪未應該永遠跟這種事無緣了。」

哥喝了口啤酒，用手指抹掉沾在上唇的泡沫。

「不過我以前就覺得她很有女人味。」
是嗎？我喃喃念道。對於哥跟繪未對彼此都說了類似的形容，覺得有點奇妙。
繪未帶來的伴手禮是蛋白糖餅。
我猜跟啤酒應該不太搭，還是裝了盤端出來。
哥咬了一口，顯得很意外。
「這口感很有趣耶，裡面鬆鬆的。」
他說出感想。
「這是在蛋白裡加砂糖後打發再烤的點心。」
「喔，這也可以烤？」
「對啊，這種麵團跟一般麵團不一樣，烤之前很纖細，得小心不能壓扁。這樣想想確實是很奇妙的點心。烤完之後味道竟然這麼扎實。」
哥哼聲附和著我。
「有點像呢。」

他小聲地這麼說。

「啊？像什麼？」

哥開玩笑敷衍過去。

「我知道像什麼就行了。」

他一口喝乾啤酒。

接著他在流理台洗了手，告訴我可以把剩下的吃掉，拿起毛巾走進浴室。

我在哥哥家時，半夜曾經接過一次媽打來的電話。

她跟我抱怨公司年輕女員工背地裡說她是個囉唆老太婆，我坐在棉被上發睏，隨口敷衍，這樣啊。

「我只是想給她們一點建議，幫助她們工作順利一點啊。」

媽不解地碎念著，我發現她聲音變得低沉了一些。以前她動不動就會拉高嗓子。

媽悽然地說，現在連妳哥也討厭我了。

「我覺得他不是討厭妳。只是覺得大家都是成年人，應該要有自己的生活吧。」

說到這裡我才想起現在自己正寄人籬下。

我忽然想，說不定我一直不喜歡這個太像母親的自己。

我沒告訴她要去澳門的事，就這樣掛了電話。

鑽進棉被裡，雙手疊放在胸前，耳邊好像聽到以前媽教我「睡不著時就數羊」的聲音。

早上六點的成田特快車上都是外國人，我馬上開始緊張，早知道就不要挑這麼早的班機。

機場太大，光是辦理登機、寄存行李就已經讓我費了一番工夫。迷失方向四處徘徊的我，最後被一個看似空服員的年輕女孩找到。

上飛機後我依然忐忑地四處張望，找到自己的座位號碼，正要坐上靠走道的位子時，背後傳來粗啞的一聲「抱歉」。

轉過頭，身後站著一位穿著黑色運動服的高個日本大叔。

我連忙往後退，運動服大叔一屁股坐進中間座位。我不禁暗歎，運氣真糟。光是想像要跟這個凶神惡煞似的大叔並肩隔鄰約五個小時，我的過度換氣症狀就差點要發作。

我翻開旅遊書逃避現實，飛機開始在跑道上滑行。拿著旅遊書的手開始僵硬。轟聲和起飛的感覺。我真切地感覺到，這下真的踏上旅程了。

過了一陣子，飛機內變得有點冷。

我用機上發的毯子裹住身體，一個黑頭髮看似中國人的男空服員推著推車走來，用英文問我要喝什麼飲料。

我從上到下掃了推車一遍，沒看到熱飲。回憶起這一個月的特訓，吞吞吐吐地開口。

「那個，Do you have hot drink?」

我笨拙地開口問，大概因為同是亞洲人，國籍不同卻也意外說得通，他告訴我有咖啡跟茶。我成功要到一杯熱紅茶，覺得很安心。

隔壁的運動服大叔大聲地說。

黑髮男空服員偏頭不解，一會兒後笑著問。

「咖啡！」

「Cock？」

我差點沒噴飯，原來我的發音夠標準對方才聽懂，這讓我有了點自信。

之後運動服大叔和男空服員繼續著彷彿蹩腳雙口相聲的對話。

「啤酒！」

「Beef？」

「No，麒麟之類的啊！」

「Oh, Chiken！」

夾在他們兩人當中，我漸漸不再抗拒用英文說「他要吃牛肉」或者「他想借支筆」。

運動服大叔喝光了啤酒後馬上睡熟。

這些意外橋段拯救了我，我內心深深感謝，這才安穩地深深躺進椅子裡。

感覺鼓膜嗡嗡作響，我微微睜開眼，飛機已經開始準備降落。終於到了，我做好準備，機體跳動了幾下，在香港著陸。

在機場尋找接機的人，一個曬得黝黑的男人叫住我。嗨，是淺野小姐嗎？我跟其他幾個日本觀光客聚集在一起。

「我會送你們去各自的飯店。現在還不用換錢，在巴士上面換，很划算。」

經過一番說明，他帶我們上了巴士。

巴士裡冷氣很強，他說起飲水和街上的治安狀況。我邊聽邊打著盹，巴士開到九龍附近。

這附近車多人也多，非常熱鬧。可能是車輛廢氣的影響，整個城市看起來霧濛濛的。不安和期待讓我十分忐忑，過度緊張到頭皮發麻。

來到飯店櫃檯，我再次用拙劣的英文完成住房登記，拿著卡式鑰匙搭進電梯，這時才覺得肩膀一鬆，深深吐了一口氣。

二十樓很安靜。我拉著行李箱尋找房號。

走進裝潢簡單的房內，立刻倒在白色床鋪上。

「啊！好緊張，終於到了。」

望向窗外，在這高樓層可以俯瞰整座城市。

街上許多縱長尖銳的大樓林立，好像是用樂高積木堆出來的。

我拿出手機連接飯店Wi-Fi，一想到晚餐得一個人吃，緊張又回來了。三天兩夜的旅行，我得設法吃五餐。

目的地是澳門，但我沒把握能在最後一天順利從澳門搭船回香港機場，所以計畫住在香港的飯店，中間這天去澳門。

太陽下山後我不敢外出，決定五點多就去吃晚餐。

街上滿是長相跟我們有些微妙不同的亞洲人，天氣非常悶熱。車子引擎聲轟隆作響，整片天空灑滿了西斜餘暉。

旅遊書上的店家乍看之下不是很乾淨，但滿多日本客人，我在門前來來回回了幾次後才進去。

店裡的大媽看起來很親切，我還沒開口問，她就拿出日文菜單跟茶。杯裡的茶冒著熱氣。點完菜後我隨手拿起來喝，忍不住皺起眉頭。真難喝。就像熬煮機械燉出的鐵味。

我開始有點擔心，此時面前端來了一碗裝了滑嫩大鮮蝦餛飩的麵碗。我無奈地拿起筷子，半是擔心地咬了一口鮮蝦餛飩。

那個瞬間，撲鼻而來帶有麻油香的鮮蝦好吃得讓我訝異。我吸起一口麵，口感Q彈不太像中華麵，比較接近偏硬的博多拉麵，新鮮的口味讓我忍不住一口接一口。

我再次用笨拙的英文叫來剛剛的店員大媽，硬幣不太會分辨，拿出鈔票結了帳、離開店門。

看著繚亂霓虹燈高掛的雜亂街道，好吃到驚人的鮮蝦餛飩麵和難喝到驚人的茶水之間的落差讓我很訝異。

「不過……我來了。」

在日本很少離開家，就連找工作面試都去不了還因此被罵的我，竟然一個人在國外用不同的語言成功點了餐。

我興奮地在飯店附近繞了三圈，還是害怕進化妝品店或者服裝店，結果只在7-11買了水跟當早餐的麵包就回飯店。

沖了澡後依然覺得腦袋發麻，喉嚨也開始痛。

換上家居服，我心想可能是飛機上吹了冷氣的關係，早早上床睡覺。

隔天早上，我被嚴重的鼻塞和頭痛喚醒。

起床時意識還很朦朧，伸手想拿枕邊的面紙。擤了好多次鼻子都還是塞得難受，從小每逢季節轉換我就有過敏性鼻炎的毛病，看來應該是嚴重的發作。連顴骨附近都隱隱作痛。

Google之後才發現，原來發炎太嚴重可能併發顏面疼痛跟頭痛，我一陣愕然。不舒服的感覺漸漸擴散到整張臉，這時自己身在國外這個事實伴隨著不安朝我逼近。

我擤著鼻涕，半是哭喊著好想回家。現在連呼吸都覺得困難，哪還有心情逛澳門。

這時我收到一封訊息。是繪未寄來的。

「旅行好玩嗎？」

我彷彿收到了女神捎來的訊息，忍不住回信訴苦。好難受、身體不舒服，打完這些字時我想起高中住宿舍時的回憶。

我只是開開玩笑說宿舍晚餐味道不怎麼樣，就被大家揶揄說畢竟這裡不是東京嘛，很不愉快。這種時候我總是會傳郵件給繪未。

在陰暗的床裡，只有手機像是夜空中最亮的那顆星，發著光。

繪未迅速回傳好幾封訊息，我回過神來。

「去藥局買鼻炎的藥，不用跑醫院。」

「那邊的藥事法沒有日本這麼嚴格，藥效比較強，應該馬上見效。妳有藥物過敏嗎？」

應該沒有，謝謝。回了她訊息後我套上牛仔褲，在T恤外披了運動外套奔出飯店房間。

本來擔心去了藥局會不會認不出該買的藥，不過出乎意料地，靠包裝上的插圖和漢字的感覺，還挺容易就找到了。

我馬上回飯店，三兩口啃完麵包後用了吸鼻藥，短短一瞬間鼻子就不塞了，實在驚人。

躺在床上休息了一陣子，頭還有一點痛，但是已經沒那麼不舒服了。

我腦中浮現出為了這次旅行用的十萬日圓，告訴自己，還是出發吧，不情願地從床上爬起來。

我把手機收進肩包裡，心想，繪未的男朋友真是幸福。

爸媽離婚的半年前，曾經把我跟哥留在家裡，兩個人到澳門旅行。

回國後媽把照片攤在家裡餐桌上，展示著她一身只會在女生朋友婚禮上看到的禮服照片，說起在澳門飯店去賭場挑戰的故事。

照片中有幾張莊嚴教會外牆的照片。

看到從其他角度拍到這堵牆的照片，我有點困惑。

因為除了牆面以外，整座建築物都已經不存在。

看到我直盯著照片，父親開口告訴我。

大家都以為澳門只有賭場，其實這裡還有很多登錄為世界遺產的建築物。這座天主堂舊址已經毀於祝融，現在只剩下這面牆，不過以前曾經被譽為東洋最美的教堂。

過了一陣子，父親坦白他有已經在交往的女性。

母親非常激動，她大罵道，小小上班族學人家養什麼情婦，逼著父親把那女人的名字說出來。但父親堅決不說她的名字。其實只要律師或家事法庭介入，最後終究會知道的啊。

母親深夜哭喊的那些話到現在清楚留在我耳邊。

「你快把那女人名字說出來！」

父母親決定離婚時，其實我想跟爸爸。當時面臨考高中的不安，我沒有把握能承受母親激烈的情緒或者聽她抱怨，我希望有個能穩定專心念書的環境。

我本來以為只要這麼說爸應該會答應。

但爸的情人拒絕了。她說，破壞家庭的我不可能扮演好人家女兒的母親。

這時候，我才第一次萌生對爸和他情人的恨意。

他們太瞧不起我。我們的家庭是被破壞了？還是原本就岌岌可危時，來了最後一根稻草？其中的差別即使是小孩也懂。雖然說是相親結婚，但大家都看得出爸媽根本談不來。

爸曾經苦笑地抱怨。

「本來以為妳媽的個性更溫和一點。」

媽在外面確實感覺比較沉穩，跟在家判若兩人。

就連宅急便的人把貨品誤送到隔壁，鄰居將東西送來時都會數度低頭道歉。

「哎呀，還麻煩您特地跑一趟真是抱歉。東西很重吧，讓您費心了，實在不好意思。」

爸聽了之後告訴她。

「低頭一次就夠。太過客氣對方反而會覺得有壓力。」

這時媽忽然激動了起來。

「平常得跟鄰居打交道的是我，你為什麼連這點道理都不懂！」

有時候我甚至覺得，他們結婚之後可能一直是媽在單戀吧。

你的以為，有時候總難盡如人意。宿舍生活也讓我痛切地學會這件事。

儘管如此，我到現在還是沒能原諒爸當初毫不留情轉頭追求自己幸福，把我丟給痛罵女兒忘恩負義的媽。

所以澳門這個地名一直像道傷口般留在我心中。我很好奇，當初他們夫婦甚至還一起去旅行，這到底算什麼？

我一直想，假如能親眼看到家庭破碎之前他們兩人一起看過的那道教堂牆壁，或許可以得到答案。

我扭動又冷又僵硬的脖子，望向渡輪窗外，已經快接近港口了。鼻塞和悶悶的頭痛症狀再次出現，雖然覺得煩，我還是振作地站了起來。

下了船，不知道該怎麼轉乘公車。我試著確認路線圖，要是寫英文多少還記得，不過上面都是中文，我反而愈看愈糊塗。

好不容易搭上一台公車，這才能在開著冷氣的車內好好欣賞街景。

很難想像只是小小半島的洶湧交通量、建築、霧濛濛的空氣。忽然出現在複合大樓間隙中華麗閃耀的飯店或賭場。重金打造的外觀淺顯易懂，讓人看了一陣目眩。

我在鬧區中央下了公車。

靠著「只剩下正面牆壁的教堂」這條資訊，馬上從旅遊書裡找到了目的地。

拿著地圖和手機爬上坡道，來到一片漂亮的廣場。

廣場周圍有外牆塗成黃色的可愛建築和泛灰的教堂。說是亞洲，感覺更像西方的街景，熱鬧喧囂的這一帶空氣卻令人覺得清爽。

我繼續朝人多的方向前進，這附近有不少在店門口販賣食物的店家，放眼望去都是點心、零食、肉乾之類的招牌。
耳邊聽到中文、韓文，人人手上都拎著禮品店的大紙袋，邊走邊吃，我暗在心裡大喊，這裡根本是竹下通吧！
我獨自在人群中默默前進，藍天忽然開闊，建築物就佇立在樓梯上方。
我在心裡小聲地說，看到了，一邊加快腳步。心跳加速，還微微流汗，我脫掉連帽外套。好久沒有在人前展示的手臂有點粗，真難為情。
我跟一家子中國人擦身而過，他們比手畫腳想請我幫忙拍照，我停下腳步。
還沒回答相機就已經塞到我手裡，我只好執起相機。我猜「cheese」對方可能不懂，試著喊。
「Three, two, one.」
他們確實應聲擺好了姿勢。
歸還相機後，看起來像爺爺的男性問我。
「Japanese？」

我回了一聲介於Yes和Yeh的答案。

「You are so nice.」

對方的語氣好像在稱讚小孩，分開後上網查了一下，才知道他只是想表達「妳人真好」。

過去一直聽人叮嚀，出國旅行要小心，否則很危險。

但是在日本也有很多粗暴衝撞女孩的男人或者色狼，學校或職場上也常聽到被霸凌或者職場權力騷擾逼上絕路的故事。

我覺得日本人可能太過相信日本人，總覺得只有日本人善良。避開忙於拍攝紀念照片、影片、自拍的觀光客，我終於爬上階梯，馬上就看到那面風格突兀而莊嚴的牆壁。

空蕩的窗框另一邊可以透見藍天。

回頭一望。階梯下好比旺季時海邊的海水浴場，人潮密密麻麻。這對照的景色，還有不久前爸媽也曾看過這幅光景這個事實讓我一陣恍惚。

新。

我開始有點心慌，吸了口氣，鼻塞好了。可能因為移動到高處，空氣變得比較清新。

身體舒服了，心情也隨之開朗。我都差點忘記自己是如此單純的生物。

跟著標示爬上公園裡的樓梯。來到視野良好的地方，我忍不住瞪大了眼睛。

藍天下放著好幾座砲台，一點也不像就在教堂附近。

其中一台正對著城中央某座金碧輝煌的大樓。雖然知道沒有實彈，不過這種景象還是讓人有些悚然。說來老套，我發現在日本時自己害怕的都是些很瑣碎無謂的事。

環視整個澳門，除了高級建築之外，現在還留有很多老舊住宅。我試著想像父母親到此造訪時的心情。爸應該很愉快吧，媽對砲台和教堂會感興趣嗎？

俯瞰著摩肩擦踵的觀光客，我忽然發現。

我想，他們應該是開心的。

兩個人，各自在不同的地方開心。

金碧輝煌的飯店、賭場、有歷史的世界遺產，這裡塞滿了許多爸媽可能感興趣的東西。爸心裡或許有那麼一絲跟情人分手、和媽重修舊好的念頭。

不過竹下通的潮和教堂的莊嚴，這之間的突兀似乎也象徵著爸媽的不同調。

我繼續往前走，繞進遠離觀光區域的後巷。日陰的後巷很清涼。骨董店的老闆在店裡抽著菸。

走過一間破破舊舊的餐廳，猛烈的飢餓感襲來。店裡有一兩個女客，我鼓起勇氣走進去。

我隨便指了個寫著「麵」的漢字，幾分鐘後，端來一碗堆著燉豬腳的麵。

用筷子不方便吃，直接抓又會黏手，又沒有放骨頭的盤子，一時之間不知該怎麼吃好，但又甜又Q的豬腳非常好吃，麵一樣是很有嚼勁的那種。

回程時我在澳門的竹下通買了給哥、媽，還有繪未的伴手禮。

走出店門，我也成了提著紙袋的觀光客。剛剛還覺得自己跟其他人不一樣，現在想想有點難為情，看來我真的是媽生的孩子，不禁暗自苦笑了起來。

回到渡輪碼頭，發現最早的船班要等三個半小時，頓時一愣。

對方說如果想快點搭船可以換貴一點的船票，我回答No, thank you，在附近的長凳上喝水吃點心，疲憊感迎頭襲來。

腳痠、頭又開始痛，噴了香港的強效藥勉強撐住，不禁感嘆，花了十萬日圓到底來這裡做什麼。

既沒有什麼戲劇性的邂逅，到頭來也無從得知爸媽的心態。

我甚至開始無端想像，說不定他們只是單純床事不合。

我正回顧著這次的單身旅行，剛好收到繪未寄來的郵件。

「妳是明天傍晚的飛機嗎？我想去他店裡吃飯，要不要一起？」

我馬上回覆，我想去。在日本能聊天的對象一隻手數得出來，但比起隻身在異國要來得好多了。

我摸著埋了鋼板的鎖骨，告訴自己，先慢慢開始交朋友吧，首先，得先找到喜歡的工作。

我在回程的渡輪中打著盹，收到繪未的回訊。

「太好了，那我跟黑田先生說一聲。」

原本模糊的形象，因為有了黑田這個名字頓時鮮明了起來。姑且不管跟本人符不符合，我腦袋裡好像隱約浮現出一張臉。

被爸爸和他情人傷害的心，有一部分經過十年多至今都還沒癒合。

儘管如此，直到最後爸還是沒有說出她的名字，說不定他知道，具體性對我們來說會是最關鍵的傷害。

走出車站剪票口，正在看手機的繪未抬起頭。

我拉著行李箱奔向那張神聖的笑臉。

「歡迎回家，第一次出國，感覺怎麼樣？」

我欲哭無淚地笑著回答。

「各種悲慘。」

「悲慘？」

繪未驚訝地拉高聲調。我點點頭。

「嗯。不過我再次體認到朋友真的很重要，也算一種收穫啦。」

繪未一臉不解，我對她道謝。

前往店裡這一路上都是我在說話。好想念說日文，東京空氣的濃度比那邊稀薄，讓我覺得輕鬆多了。

但是眨眨眼，好像又回到了悶熱的香港街頭，同時也看見了走在陌生街道上我長久以來沉眠不醒的生命力。

繪未打開門，店後方的男人轉頭過來，客氣地招呼。

「啊，歡迎光臨。」

繪未輕輕點頭致意，熟門熟路地走到最後方的座位。

我在她身邊坐下，接過對方遞出的擦手巾，再次打量著眼前這個男人。

他是做菜的人，保持得很乾淨，雖然不年輕了，但看起來也不顯老氣。我覺得是個很有男子氣概、很可靠的人。

他細長的眼睛先是惦念地望向繪未，再將視線拉回我身上。

光是這樣就可以感受到他有多喜歡繪未。

「聽說您是繪未從國中就認識的朋友。」

「朋友」這兩個字聽起來真令人開心。

「對。」

我點點頭。他高興地彎起嘴角，也點點頭，這樣啊。

然後轉向繪未說。

「等一下友永也會來。他說現在這附近在辦街頭聯誼。」

話還沒說完門就開了。

一轉頭，站在門口的男人帶著一身爽朗和夜晚的氣息。我還出神地盯著他沒有一絲皺折的黑襯衫打扮，他已經在我旁邊座位坐下。

「黑田，你看，剛印好的傳單。」

隔著吧檯接過傳單的黑田先生點點頭。聽到我小聲重複著街頭聯誼，黑田先生馬

上把傳單遞給我看。

「有興趣歡迎參加，兩位同性朋友一組就可以參加。」

他很認真地推薦。

「啊，不過也沒人跟我一起去。」

「我陪妳去吧？」

繪未隨口說。

「啊？等、等一下，等一下。」

黑田先生認真地著急，打斷我們，繪未和我都忍不住噗哧一笑。

「要喝什麼？」

繪未問，我仔細地看著菜單。除了啤酒和沙瓦，其他我都不太懂。

「秋鹿是大阪的酒嗎？」

我問了一款菜單上有點興趣的酒。黑田先生點頭答是。

「算是辛口帶點適度的甘甜，跟料理很搭。友永，你喝啤酒吧？」

聽了之後隔座的男人點了頭。

「妳喜歡日本酒？」

忽然這麼一問，我急忙搖頭。

「我幾乎沒喝過。只是因為高中在大阪念書，覺得有點懷念而已。」

友永一愣，顯得很驚訝，半晌說不出話來。

「請問，妳學校在大阪哪一帶？」

「是女校，在大阪城附近。」

聽我這麼說明，他聲音馬上激動了起來。

「真的嗎？我以前念鶴見區的男校。我老家在靜岡，因為家人調職才去大阪。」

我一聽也嚇了一跳。

「不會吧？鶴見的男校我知道。放學時曾經被搭訕過。天啊，好懷念的話題。」

「附近有間老闆老是打赤膊的章魚燒店，那間店還有嗎？」

「有！穿虎紋內褲的大叔。但味道還意外的好吃。」

友永朗聲大笑回應我，對啊對啊。

大概是稍微學會了一點英文直接的說法吧，現在的我滔滔不絕，完全看不出不久之前很少跟其他人說話。這期間繪未一直帶著溫柔的表情在一旁陪著我。

我一直覺得自己很不幸。

但其實那些不幸早就已經結束了。

友永轉頭看著牆邊

「那是誰的行李箱？」

我回答。

「我的。我第一次出國旅行，才剛回來。」

友永顯得很感興趣，我開始說起這次旅程。說起這趟糟糕透頂的單身旅行。在這充滿愛的店裡。

PLP0075
你情人的名字

作　者─島本理生
譯　者─詹慕如
編　輯─黃煜智
校　對─魏秋綢
行銷企劃─王小樨
內頁排版─綠貝殼資訊有限公司

總 編 輯─胡金倫
董 事 長─趙政岷
出 版 者─時報文化出版企業股份有限公司
108019台北市和平西路三段二四〇號七樓
發行專線─（〇二）二三〇六六八四二
讀者服務專線─〇八〇〇二三一七〇五
（〇二）二三〇四七一〇三
讀者服務傳真─（〇二）二三〇四六八五八
郵撥─一九三四四七二四時報文化出版公司
信箱─10899臺北華江橋郵局第九九號信箱

時報悅讀網─http://www.readingtimes.com.tw
思潮線臉書─https://www.facebook.com/trendage
法律顧問─理律法律事務所　陳長文律師、李念祖律師
印　刷─勁達印刷有限公司
初版一刷─二〇二〇年五月二十九日
定　價─新台幣三二〇元
（缺頁或破損的書，請寄回更換）

時報文化出版公司成立於一九七五年，
並於一九九九年股票上櫃公開發行，於二〇〇八年脫離中時集團非屬旺中，
以「尊重智慧與創意的文化事業」為信念。

你情人的名字／島本理生著；詹慕如譯. -- 初版. -- 臺北市：時報文化，2020.06
240面；14.8×21公分
譯自：あなたの愛人の名前は
ISBN ISBN 978-957-13-8129-9（平裝）
861.57　　109002873

ISBN 978-957-13-8129-9
Printed in Taiwan